Une marée changeante

Une nuance de vampire, tome 13

Bella Forrest

Autres livres de Bella Forrest

SÉRIE NUANCE DE VAMPIRE

Derek et Sofia

Une nuance de vampire (tome 1)

Une nuance de sang (tome 2)

Un château de sable (tome 3)

Une ombre de lumière (tome 4)

Un éclat de soleil (tome 5)

La porte de la nuit (tome 6)

L'aurore du jour (tome 7)

Rose et Caleb

Une nuance de Novak (tome 8)

Les liens du sang (tome 9)

Le sortilège du temps (tome 10)

La chasse à la proie (tome 11)

L'ombre d'un doute (tome 12)

Pour une liste actualisée de mes livres, visitez mon site web : www.forrestbooks.com/bella

Abonnez-vous à ma liste de diffusion VIP et je vous aviserai personnellement de la sortie de mon prochain livre ! Visitez ici: www.bellaforrest.de/fr

Table des matières

Prologue : Micah

J'ignorais ce qu'il était arrivé à Rose et Caleb. Mais j'espérais que, comme moi, ils aient réussi à s'enfuir.

Après que la sorcière blanche soit apparue sur le yacht, Caleb, Rose et moi avons réussi à sauter par-dessus bord. Peu après, mes membres se sont paralysés et j'ai perdu de vue mes camarades. Incapable de remonter à la surface, j'ai cru que je mourrais dans ces eaux.

Les vagues m'ont aspiré vers l'arrière, de plus en plus près du yacht, jusqu'à ce que je me cogne la tête contre la coque. Ne pouvant plus retenir mon souffle, j'ai ouvert la bouche et bu la tasse. Bien que l'eau salée me brûle les yeux, je me suis forcé à les garder ouverts. Fixant le ciel clair à travers les eaux sombres, sûr d'assister à ma dernière vision, je m'enfonçais vers les fonds marins. J'ai bu la tasse à nouveau. Je perdrais bientôt connaissance.

Puis, une soudaine vague d'énergie a traversé tout mon corps, et le sortilège de la sorcière blanche s'est dissipé. J'ai repris le contrôle de mes membres. Frétillant furieusement, j'ai réussi à sortir la tête de l'eau avant de boire la tasse pour la troisième fois. Toussant et haletant, j'ai empoigné l'objet le plus proche de moi : une corde pendant à l'arrière du bateau. Trop étourdi pour penser aux conséquences, je me suis hissé sur le navire. J'avais besoin de sentir un sol ferme sous mes pieds.

En me hissant par-dessus le bastingage, j'ai atterri sur le pont. Je me suis couché par terre et j'ai rampé jusqu'à l'escalier menant au pont inférieur, puis jusqu'à la salle de bain, où je me suis enfermé dans une longue armoire de rangement sous la baignoire. J'ai tenté de calmer ma respiration, espérant que ma nausée disparaisse alors que je crachais encore plus d'eau de mer.

Je suis resté immobile, agrippant mon ventre en

fixant le plafond obscur de l'armoire. J'ai inspiré longuement et régulièrement jusqu'à ce que mon malaise s'estompe, me permettant de réfléchir à ce que je ferais ensuite.

J'ai reniflé l'air, essayant de détecter la sorcière. Son odeur était perceptible, mais trop faible pour qu'elle soit encore dans le bateau. J'ai reniflé de plus belle. Je sentais maintenant deux nouvelles odeurs, mais il m'était difficile de les identifier – elles n'étaient certainement pas humaines, vampires ou lycanthropes. Cependant, quelque chose me disait que je le découvrirais bientôt.

Je me suis couché sur le côté dans le réceptacle étroit et j'allais ouvrir la porte quand une secousse a ébranlé le yacht, me projetant vers l'arrière. Ma tête a heurté le panneau de bois derrière moi. Pendant ce qui m'a semblé dix minutes, j'ai été projeté dans tous sens contre les parois de l'armoire. Puis, comme si le bateau tombait en chute libre, l'avant de mon corps s'est écrasé contre le plafond. Mon estomac s'est renversé.

Que diable se passe-t-il ?

J'allais réessayer d'ouvrir la porte malgré les secousses quand le yacht s'est immobilisé. Frottant ma tête, j'ai grogné doucement.

J'ai enfin ouvert l'armoire et je me suis laissé rouler sur le plancher. Je me suis relevé et j'ai marché jusqu'à la porte. J'allais sortir dans le couloir, mais je me suis figé en entendant une voix de femme sur le pont supérieur.

– Tu peux lui dire toi-même.

Il y a eu un profond soupir.

– D'accord, s'est énervée une autre femme. Mais tu viens avec moi. C'est autant de ta faute que de la mienne.

En entendant les bruits de pas à l'étage, je me suis faufilé jusqu'à l'armoire, où je me suis caché de nouveau. Retenant mon souffle, j'ai attendu qu'elles disparaissent.

J'ai attendu cinq minutes de plus pour m'assurer qu'elles avaient bel et bien quitté le navire et une fois que je n'ai plus rien entendu, je suis sorti de l'armoire et j'ai emprunté le couloir. J'ai prudemment marché jusqu'à l'escalier menant au pont.

J'ai eu la chair de poule lorsqu'une bourrasque glaciale a soufflé sur moi. Horrifié, j'ai regardé la scène devant moi. Le yacht était amarré dans un port verglacé bordé d'arbres, et au loin se trouvaient des montagnes aux sommets enneigés.

Je connaissais cet endroit.

La dernière fois où j'avais mis les pieds ici, Rhys m'avait enfermé dans un cachot après m'avoir enlevé. J'ai frissonné en y repensant. Pas question de m'y retrouver à nouveau. Si le mage me trouvait après que je l'aie trahi…

Je suis retourné au poste de pilotage et j'ai agrippé la barre. Elle était bloquée. J'ai essayé de démarrer le moteur, mais il faisait trop froid. J'ai réalisé que même si j'arrivais à conduire le bateau en dehors du port, je ne pourrais peut-être pas franchir les limites de l'île.

Je me suis rappelé qu'un sortilège empêchait tout le monde de quitter cet endroit maudit sans permission. Mais j'ignorais si c'était toujours le cas.

J'ai regardé la mer, évaluant la distance entre le bateau et le soleil qui se reflétait sur les vagues, tout juste en dehors de la limite. Je suis descendu du yacht. Mes pieds nus ont foulé la jetée enneigée. J'ai balayé le port des yeux à la recherche d'un sous-marin ou tout autre navire avec lequel je pourrais tester mon hypothèse. Il n'y en avait pas. Ce qui ne me laissait qu'une seule option.

J'ai inspiré profondément, me préparant mentalement à plonger dans l'océan glacé. Quand j'ai touché l'eau, on aurait dit que des centaines de couteaux m'avaient transpercé le corps. Je voulais sortir de l'eau à tout prix, mais j'ai nagé à corps perdu.

À mi-chemin, je ne sentais plus mes mains ni mes pieds et une fois arrivé à la frontière, mes dents claquaient et je tremblais de façon incontrôlable. Mon effort s'est révélé vain. J'ai heurté un champ magnétique invisible.

Expirant profondément, j'ai grimacé en me retournant. Je n'avais pas d'autre choix que de retourner sur cette île sombre, car je ne survivrais pas longtemps dans ces eaux.

Quand j'ai atteint le port, j'avais du mal à respirer et j'ai dû rassembler toutes mes forces pour me hisser sur le bateau. J'ai déboulé sur le pont, puis je me suis rendu à la salle de bain, où j'ai ôté mes vêtements mouillés et déchirés avant de m'emmitoufler dans des serviettes. Je me suis frotté la peau pour stimuler la circulation sanguine. Quand j'ai retrouvé la sensation dans mes orteils, j'ai marché jusqu'à la chambre et j'ai enfilé un caleçon, un t-shirt et un pantalon propres que j'ai trouvés dans le placard. Puis je me suis assis sur le lit et j'ai regardé la porte.

Je ne pouvais plus le nier : j'étais coincé sur cette île.

Je devais maintenant décider comment m'y prendre pour ne pas qu'on m'attrape. Je ne me sentais pas à l'aise à l'idée de rester sur ce petit yacht, mais entrer sur l'île était du suicide. Pour l'instant, je n'avais pas d'autre choix que de rester où j'étais. J'espérais qu'ils partent en expédition sur ce bateau. Je pourrais plonger dans la mer et retrouver mon chemin jusqu'à l'Ombre.

Je me suis installé un coin obscur de la chambre, d'où je voyais bien la porte. J'ai serré mes genoux contre ma poitrine en pensant à Kira. La jolie lycanthrope blonde qui faisait accélérer mon pouls chaque fois qu'elle posait les yeux sur moi.

Et je me suis rappelé la promesse que j'avais faite à Rose avant que nous soyons séparés. Je lui avais juré que j'avouerais enfin mon amour à Kira dès que nous rentrerions à la maison.

Je n'avais plus qu'à espérer survivre jusque-là.

Chapitre 1 : Ben

J'avais quitté l'Ombre sans la moindre idée d'où aller. J'avais seulement besoin de fuir cet endroit. Fuir notre peuple.

J'ai mis le sous-marin en mode automatique après environ deux heures et je me suis enfoncé dans mon siège. La faim me tenaillait alors que je contemplais par le hublot la vaste étendue d'eau sombre devant moi. J'ignorais où j'allais, et je ne regardais pas la carte. Je ne faisais que foncer droit devant, espérant me perdre dans un néant où je ne sentirais plus la faim. Où mes pulsions se calmeraient.

J'ai essayé de me distraire en pensant à mes

parents, espérant que la souffrance de penser à eux détournerait mon attention de ma souffrance physique, au moins pour quelques instants. Ils devaient déjà avoir lu ma note. Ils se demandaient sans doute pourquoi je n'étais pas resté. Pourquoi je n'avais pas essayé de boire le sang entreposé dans les chambres froides, que l'on donnait aux vampires voulant redevenir humains. Ce sang était celui d'Anna, après tout.

Mais j'espérais qu'ils comprennent que je ne pouvais tout simplement pas courir le risque de tuer un autre habitant. J'espérais également que, comme je leur avais demandé, ils ne partent pas à ma recherche. Ils avaient déjà perdu Rose, et maintenant que j'étais parti sans crier gare… Je savais qu'ils seraient dévastés. Mais ils devraient s'en remettre. Notre peuple dépendait d'eux.

D'ailleurs, je ne serais peut-être pas parti longtemps. J'avais seulement besoin d'une pause. Je souhaitais désespérément que ma réaction au sang animal soit temporaire. Que pour une raison quelconque, mon corps avait eu besoin de sang humain au réveil, mais qu'avec le temps, je m'habituerais au sang animal comme tous les autres vampires de l'Ombre. *Pourquoi serais-je différent ?*

Bien que j'essaye de me convaincre de cette idée, je ne pouvais pas chasser le souvenir du regard de mon père lorsqu'il m'avait vu vomir le sang animal. Il avait même dit que durant ses siècles d'existence, il n'avait jamais vu un vampire réagir au sang animal ainsi.

Mais l'espoir était tout ce que j'avais. Je me suis demandé pendant combien de temps un vampire pouvait se priver de sang. J'ai réalisé que je ne savais même pas si un vampire pouvait mourir de faim.

En repensant au sang, j'ai repris conscience de ma souffrance. Le feu faisait rage dans mon estomac. J'ai serré la mâchoire, fermé les yeux et grimacé. Mes mains ont commencé à trembler. J'ai agrippé les bords de mon siège.

J'ignorais combien de temps s'était écoulé depuis mon départ de l'Ombre. J'avais fait exprès de ne pas regarder l'heure. Ce qui faisait en sorte que le temps passe encore plus lentement, rendant la situation encore plus insupportable.

J'ai quitté la salle des contrôles et j'ai longé le couloir jusqu'à la cuisinette du sous-marin. J'ai ouvert une armoire et j'ai inspecté l'étagère : il n'y avait que des aliments secs et du lait longue conservation.

J'ai éventré un carton de lait et, sans réfléchir, je l'ai bu d'un trait. Au point où j'en étais, j'avalerais n'importe quoi pour remplir le vide dans mon estomac. J'ai pincé mon nez en buvant, tentant de ne pas goûter le lait, conscient du fait que la nourriture humaine avait un goût infect pour les vampires.

D'abord, j'ai cru que ma tentative avait fonctionné. Le liquide a empli mon estomac, me procurant une sensation de satiété, sans toutefois apaiser les brûlures. Puis je me suis plié en deux et j'ai tout vomi.

J'ai ouvert un paquet de biscuits et je les ai fourrés dans ma bouche, mâchant avec force, comme pour convaincre mon corps de les accepter. En vain. Bientôt, le sol était couvert d'une soupe au lait et aux biscuits teintée de sang.

J'ai martelé la porte, bosselant le métal. Maugréant un juron, j'ai chancelé jusqu'à la salle de bain et j'ai agrippé l'évier, respirant profondément en me fixant dans le miroir. J'étais plus blême que jamais. Et mes yeux verts s'étaient assombris. J'étais habitué à ce que les yeux des vampires soient plus clairs et perçants. Pas les miens. Même qu'ils étaient ternes. Comme si un brouillard les voilait.

Ma propre réflexion me faisait peur. J'ai penché la tête et éclaboussé de l'eau froide sur mon visage avant de m'essuyer avec une serviette.

Je me sentirai mieux si je tiens le coup encore quelques jours. Peut-être que ma réaction a quelque chose à voir avec mon sang mélangé, et que j'ai besoin de plus de temps que les autres pour m'habituer. Je me suis répété ces paroles dans ma tête en retournant à mon siège de pilote.

Une lumière clignotante sur le tableau de bord a attiré mon attention. J'approchais de la côte.

Non.

J'ai ralenti l'appareil et, le faisant pivoter dans la direction opposée, j'ai regagné le large.

J'ai tenté de chasser les pensées des humains qui auraient pu se trouver sur la plage, leur sang sucré aussi facilement accessible sous leurs maillots de bain…

J'ai secoué la tête vigoureusement.

Y penser faisait gargouiller mon estomac encore plus fort. Le souvenir de Yasmine gisant dans une mare de sang dans notre salon était encore frais dans ma mémoire. Bien que la bête en moi me supplie de tuer à nouveau, je n'étais pas sûr de pouvoir encaisser le choc que cela me causerait. Et je craignais qu'en me permettant d'en faire une habitude, mon corps n'apprenne jamais à tolérer le sang animal.

Je me suis demandé s'il était possible d'habituer mon corps. Si je jeûnais assez longtemps, deviendrait-il capable de consommer n'importe quoi pour survivre ?

J'essayais de me rassurer, me dire que tout s'arrangerait. Que je ne périrais pas seul dans ce sous-marin. Que j'apprendrais à digérer le sang animal. Mais plus le temps passait et moins je me sentais en contrôle de mes pensées. Je ne pensais qu'à une chose : les humains longeant la plage que je venais de croiser. Jusqu'à ce que mon corps prenne le dessus. Ma raison a cessé d'exister, et l'instinct a pris le contrôle. J'étais à peine conscient en agrippant les commandes et en virant en sens contraire à nouveau.

Les heures suivantes ont été floues.

Je n'étais que vaguement conscient du soleil qui m'a brûlé la peau lorsque je suis sorti du sous-marin à la recherche d'une proie. Mes sens ont été saturés par la sensation de la douce chair sous mes crocs, puis le jaillissement du sang chaud dans ma gorge. Du sang pur et sucré. Les cris m'entourant, les mains essayant de m'écarter, tout s'est estompé. La seule chose qui existait à ce moment-là était l'être humain entre mes bras et l'extase qui parcourait mes veines. Une sensation de satisfaction totale. Une force telle que j'aurais pu soulever une montagne. Force que j'arrivais à peine à contenir.

Je ne me souviens pas comment j'ai fui la foule pour retourner au sous-marin.

Ni comment j'ai démarré l'appareil.

Ce n'est que quelques heures plus tard, la mer s'étant assombrie, le brouillard dans mon cerveau s'étant levé et l'obscurité dans mes yeux s'étant estompée, que j'ai réalisé ce que j'avais fait. J'ai ressenti à nouveau l'horreur que j'avais éprouvée en tuant Yasmine. Et maintenant, je portais le poids de deux vies sur mes épaules. Je ne me souvenais même pas qui j'avais tué dans ma frénésie meurtrière. S'il s'agissait d'un homme, d'une femme, ou encore d'un enfant.

Si je ne peux même pas me contrôler alors que je suis coincé dans un sous-marin dans les profondeurs de l'océan, qu'adviendra-t-il de moi ?

Chapitre 2 : Ben

Maintenant que j'étais temporairement rassasié, j'étais déterminé à me distraire avant ma prochaine vague de faim. À plusieurs milles au large, j'ai arrêté le moteur et j'ai laissé le sous-marin dériver.

J'ai fait les cent pas dans le couloir, cherchant quelque chose pour me distraire. Puis je me suis rappelé le plan que j'avais apporté. La carte de Mona qui indiquait tous les portails de ce royaume. J'ai fouillé dans mon sac à dos.

Je me suis assis à la table dans le coin cuisine et j'ai étendu la carte devant moi. Je l'ai examinée, posant le doigt sur la porte qui semblait la plus proche de moi. Dans le sud du Chili. J'ignorais quel serait le but de ma visite là-bas, mais j'espérais qu'en étant distrait par un but précis, la soif de sang serait un peu plus facile à oublier. Je ne perdrais peut-être pas le contrôle aussi facilement si j'avais l'esprit occupé.

J'ai passé les heures suivantes à m'y rendre. Je suis arrivé au petit matin, avant que le soleil pointe à l'horizon. J'ai arrêté le sous-marin à un demi-mille de la rive et j'ai quitté le poste de pilotage. J'ai trouvé un grand manteau – avec de longues manches et une capuche large – et je l'ai serré sous mon bras. Puis, sortant de l'écoutille et la refermant derrière moi, j'ai glissé dans l'eau, brandissant la carte à bout de bras pour ne pas la mouiller.

J'ai pris une grande inspiration en sortant de l'eau, et j'ai longé la rive. J'ai regardé autour de moi, soulagé de ne voir aucun signe de vie. Une forêt dense bordait la plage. J'ai examiné la carte à nouveau. Je devais me dépêcher. Je ne voulais pas que le soleil me brûle. Mais je n'étais pas encore habitué à ma propre vitesse. Je devais faire attention de ne pas aller trop vite, pour ne pas foncer tête la première dans un arbre.

Bientôt, j'ai débouché sur une route principale. Le

problème, c'était que la carte était si ancienne qu'elle n'indiquait aucune route. Il n'y avait qu'une croix noire, à côté de laquelle était inscrit le nom *Pilabres.* Qui sait, c'était peut-être une ville. Mais ça n'avait pas d'importance. Au moins, j'avais quelque chose pour me distraire.

J'ai aperçu un écriteau. Aucun des noms ne correspondait à ceux indiqués sur la carte. J'ai couru pendant quelques kilomètres en longeant la route, jusqu'à ce que j'arrive devant un deuxième écriteau. Toujours aucun signe du nom. Je n'ai pas pu m'empêcher de penser que je perdais mon temps. *Je devrais retourner au sous-marin avant de croiser un humain.*

J'allais rebrousser chemin quand j'ai aperçu un bâtiment avec une large enseigne. *Motel Pilabres.* Une fresque représentant des montagnes était peinte sur une façade de l'immeuble.

J'ai traversé la rue, m'approchant prudemment. Plus j'avançais et plus l'odeur du sang était forte. Je me suis arrêté, retenant mon souffle, n'osant pas aller plus loin. À l'intérieur de ce motel, je découvrirais ce qu'était *Pilabres.* J'ai plissé les yeux pour voir à travers les portes en verre teinté. J'ai repéré un comptoir de réception. D'où j'étais, je ne voyais personne. Si j'étais rapide, j'attraperais sans doute quelques dépliants.

Je suis entré en coup de vent, pinçant mon nez pour moins sentir le sang humain. N'osant même pas rester assez longtemps pour examiner les dépliants, j'en ai attrapé un de chaque sorte avant de repartir dehors à la course, reprenant mon souffle une fois à l'extérieur. J'ai foncé tout droit, traversant la rue jusqu'à la forêt. J'ai continué à courir sur plusieurs kilomètres jusqu'à une clairière, où j'ai cru sûr de m'arrêter.

La poitrine haletante, j'ai examiné les prospectus. D'abord, ils m'ont tous semblé inutiles – des annonces d'excursions de plongée sous-marine et de randonnée en forêt –, mais le dernier m'a donné la réponse que je cherchais.

Cascada Pilabres.

Je connaissais assez bien l'espagnol pour savoir que *cascada* signifiait chute d'eau. J'ai regardé la carte de Mona à nouveau. Puis celle au dos du prospectus. Je me suis précipité en direction de la chute. J'ai coupé à travers la forêt, traversant une route après l'autre, et bientôt, j'ai entendu le grondement de l'eau.

J'ai accéléré ma foulée. J'avais l'impression de n'être plus qu'à un demi-kilomètre.

– Encerclez la zone, a dit une voix.

C'était un chuchotement, à quelques centaines de mètres. J'ai cessé de courir, détectant l'odeur du sang humain entre les arbres.

J'ai entendu des bruits de pas autour de moi, remuant les broussailles. L'arôme du sang s'est rapproché. J'ai levé les yeux et d'un seul bond, j'ai sauté dans l'arbre le plus proche. J'ai grimpé jusqu'à la cime, sortant la tête par la canopée. J'ai balayé du regard les environs et mes yeux se sont posés sur le sommet d'une falaise. Une chute d'eau – à environ un kilomètre. *Cascada Pilabres,* sans aucun doute.

J'ai regardé en bas. Le son des humains se rapprochait et j'entendais un léger signal sonore. Une sorte d'appareil. Je me suis demandé qui pouvait bien se trouver dans la jungle à une heure si matinale et comment ils m'avaient détecté de si loin. Je suis resté complètement immobile dans l'arbre en observant le groupe composé de sept hommes s'étant rassemblé dans la clairière en bas. J'ai vu qu'ils tenaient tous des fusils noirs. J'avais du mal à voir leurs visages. Ils portaient des chapeaux qui les ombrageaient, et quelques-uns avaient des cols roulés.

Ils observaient la clairière, fusils pointés devant eux, et je m'attendais à ce qu'ils poursuivent leur chemin. Mais non. Le signal sonore continuait, et plus ils approchaient de mon arbre, plus le signal semblait s'intensifier.

Qui sont ces hommes ?

J'ai sursauté lorsqu'ils ont levé les yeux vers moi. J'ai tenté de rester immobile, espérant me camoufler dans l'arbre, mais l'un d'eux a sifflé : « Là-haut ! »

J'ai eu une seconde pour penser à ce que je ferais ensuite, car les sept hommes ont pointé leurs fusils vers moi et ont tiré. Je ne savais pas qui ils étaient, mais quelque chose me disait que je ne devrais pas laisser leurs balles m'atteindre.

Sautant de toutes mes forces de la branche où j'étais perché, j'ai bondi dans les airs et atterri dans un arbre à environ trois mètres. Les balles ont déchiré les feuilles en suivant ma trajectoire. J'ai eu quelques secondes pour retrouver l'équilibre avant de sauter dans un autre arbre. J'ignorais qui étaient ces gens, mais ils étaient déterminés à m'attraper. Ils m'ont suivi en courant au sol. J'ai accéléré, bondissant d'arbre en arbre de plus en plus vite, espérant devenir flou à leurs yeux.

J'ai continué à sauter de branche en branche jusqu'à ce je ne les entende presque plus et que je sois sûr de pouvoir ralentir. Essuyant la sueur sur mon front, j'ai regardé le ciel qui s'éclaircissait à vue d'œil. Les rayons du soleil feraient bientôt leur apparition.

Si leur appareil était un dispositif de repérage, ils me retrouveraient bientôt. Je devais continuer à bouger. Je devais également oublier mon projet d'atteindre la porte, du moins pour l'instant. Je suis redescendu et dès que mes pieds ont foulé le sol, j'ai filé dans la forêt, m'arrêtant de temps en temps pour tendre l'oreille et m'orienter. Je courais plus vite à pied que lorsque je sautais d'un arbre à l'autre. J'ai essayé de prendre un grand détour de façon à ce qu'en retournant à la route principale, je puisse revenir sur la plage et regagner le sous-marin avant le lever du soleil.

Remarquant qu'il y avait de moins en moins d'arbres, j'ai soupiré de soulagement. J'étais presque arrivé à la première route. J'allais m'y engager quand l'odeur du sang frais a envahi mes narines. De façon si soudaine, si inattendue, que cela m'a fait l'effet d'un coup de poing dans le ventre. Je m'étais cru rassasié avec le sang de ma dernière victime, mais j'avais soudain l'impression de mourir de faim à nouveau.

Qu'est-ce qui m'arrive ? J'ai mangé il n'y a pas si longtemps.

J'ai scruté la forêt et tendu l'oreille pour savoir à quelle distance étaient les humains. À environ un kilomètre, j'entendais le craquement des feuilles et le signal sonore monotone.

L'odeur commençait à me rendre fou. Elle semblait augmenter de seconde en seconde. Puis je l'ai entendu : le grincement d'une latte.

J'ai levé les yeux et j'ai aperçu une sorte de cabane dans les arbres. Pas besoin d'être un génie pour deviner que c'était la base des hommes qui me chassaient. Retenant mon souffle, tentant de ne pas faire de bruit, j'ai foncé tout droit à nouveau. Je voulais m'éloigner le plus possible de la cabane avant que les ténèbres prennent le dessus et que je grimpe là-haut pour dévorer le premier humain en vue.

Mais avant de pouvoir atteindre la route, j'ai senti une douleur aiguë dans mon épaule droite. Un objet pointu s'y était planté. Derrière moi, un homme en noir avec une cagoule m'observait, le fusil levé.

J'ai titubé, empoignant le projectile et l'extrayant de mon épaule. J'ai grogné, m'engageant sur la route avant qu'il puisse tirer sur moi à nouveau. Mais je l'avais à peine traversée que mes jambes et mes paupières sont devenues lourdes.

Je me suis tapi dans l'ombre des arbres de l'autre côté, mais mes jambes ont flanché. Ma tête a heurté un rocher et les ténèbres m'ont englouti.

Chapitre 3 : Ben

Un éclairage fluorescent m'a aveuglé quand j'ai ouvert les yeux. Ma vision s'est clarifiée alors que je m'habituais à la lumière vive. Devant moi se trouvait un homme aux cheveux courts et au visage buriné. Il était assis sur une chaise à moins de deux mètres devant moi.

Son odeur a empli mes narines. Je sentais presque le battement de son cœur, l'afflux du sang dans ses veines. J'ai essayé de me lever, mais de lourdes chaînes m'ont retenu. J'étais attaché à un mur. J'ai tiré dessus de toutes mes forces. Elles n'ont pas bougé d'un poil.

J'ai regardé autour de moi. Hormis l'homme assis devant moi, la pièce était déserte. Les murs blancs ne faisaient qu'exacerber l'éclairage. De l'autre côté de la pièce se trouvait une fenêtre en verre teinté, et dans le coin, une porte.

– Qui es-tu ? ai-je craché, serrant les poings.

Je ne pouvais rien faire d'autre que parler. La faim que je ressentais pour cet humain me consumait.

L'air impavide, il a soutenu mon regard. Nonchalamment, il a retroussé sa manche droite et levé l'avant-bras. J'ai reconnu le symbole gravé sur sa peau. Le même que mon père avait dans le dos. La marque d'un faucon. La marque des chasseurs…

J'ai dû avoir l'air surpris, car il a lentement hoché la tête, souriant d'un air entendu.

– Tu sembles le reconnaître, a-t-il dit d'une voix nasillarde, brandissant son avant-bras. À quel clan appartiens-tu ?

J'ai mordu ma lèvre inférieure. Si ces gens étaient des chasseurs, je ne voulais surtout pas qu'ils découvrent mon identité. Ils m'utiliseraient pour entrer sur l'Ombre, ou pire.

Je me suis contenté de le toiser avec mépris. Il a sorti un fusil de sous sa veste et il s'est approché de moi, l'appuyant contre ma tempe.

« Tu ferais mieux de répondre quand je te parle, vampire. Crois-moi quand je te dis que la seule chose qui m'empêche de te tuer est ma curiosité, et elle sera bientôt épuisée. »

S'il allait me tuer de toute façon, je ne voyais pas l'intérêt de coopérer. Comme je refusais toujours de répondre, il a levé son fusil et m'a assommé le crâne. La douleur a réverbéré dans ma tête, m'aveuglant temporairement.

Il s'est agenouillé et m'a agrippé la mâchoire, me forçant à le regarder dans les yeux.

« Réponds-moi, » a-t-il grogné.

En dépit de la douleur, j'ai essayé de penser clairement. Mon identité était manifestement plus importante à ses yeux qu'il le laissait entendre. Sinon, il m'aurait déjà tué.

– Une seule balle de ce fusil suffirait à te calciner de l'intérieur. Veux-tu vraiment courir ce risque ?

Une femme venait d'entrer. Cheveux blonds cendrés, attachés en chignon. Elle approchait la trentaine. Elle m'a dévisagé de ses yeux gris et froids en posant une main sur l'épaule de l'homme.

Je l'ai fusillée du regard, refusant de broncher.

« On dirait qu'il nous faut essayer une approche différente, » a-t-elle maugréé à l'homme.

Les yeux de l'homme sont restés braqués sur moi jusqu'à ce que la femme et lui quittent la pièce. J'ai soupiré profondément, me frottant la tête.

Évidemment, ils voulaient quelque chose de moi, et ils le voulaient assez pour me garder en vie pour l'instant. Il était dans mon meilleur intérêt de prendre tout mon temps.

Mais que font-ils en plein milieu de cette forêt ? Sont-ils au courant de l'existence du portail ? Si oui, comment l'ont-ils découvert ?

Le déclic de la porte a interrompu mes pensées. Trois hommes sont entrés, dont celui que j'avais vu à mon réveil. L'un d'eux transportait une échelle. Il l'a placée au centre de la pièce et il a grimpé dessus. J'ai regardé le plafond pour la première fois. L'homme a tourné des manivelles aux quatre coins, puis a appuyé sur un interrupteur. Les lumières se sont éteintes et le plafond a commencé à s'élever. Le soleil s'est déversé dans la pièce. Le toit s'est plié et rangé d'un côté, laissant la pièce baigner dans la lumière du jour. Les bruits ambiants m'ont indiqué que nous étions encore dans la forêt, probablement dans la gigantesque cabane que j'avais aperçue au sommet des arbres.

J'ai eu l'impression qu'on avait versé une casserole d'huile bouillante sur moi. Ma peau a grésillé et formé des cloques. La lumière m'éblouissait. J'ai plissé les yeux, essayant de voir les trois silhouettes qui s'approchaient.

– Peut-être que maintenant, tu seras plus susceptible de nous répondre, a dit l'homme au visage buriné en se rasseyant devant moi.

J'ai grogné en me débattant, tentant de me placer dans une position qui m'épargnerait du soleil le plus possible. Mais c'était infaisable.

« Réponds d'abord à ces deux questions simples : comment t'appelles-tu et à quel clan appartiens-tu ? »

Je souffrais tellement que j'avais du mal à comprendre ses mots. J'allais siffler des noms inventés quand plusieurs hommes masqués sont apparus par le toit.

Les trois chasseurs ont reculé et sorti leurs fusils. Ils les ont pointés sur les intrus, qui bougeaient beaucoup trop vite pour être des humains. Une fusillade a éclaté, les balles ont ricoché sur les murs.

Une a sifflé vers moi, je me suis penché, l'esquivant de justesse. Je savais maintenant ce qui m'arriverait si un de ces projectiles m'atteignait : je brûlerais vivant en quelques secondes.

J'ai vu des griffes jaillir des doigts des hommes masqués et égorger les trois chasseurs, les laissant gésir par terre. Le sang chaud giclait de leurs cous, imbibant le sol. J'ai entendu des cris provenant de l'extérieur de la pièce, puis d'autres hommes sont entrés. Les créatures masquées leur ont sauté dessus. Je ne voyais pas ce qui se passait de l'autre côté de la fenêtre teintée, mais il y avait des hurlements et des coups de fusil. Un fracas assourdissant a retenti lorsqu'une balle a brisé la fenêtre. Si je n'avais pas plongé, elle m'aurait transpercé le cerveau. Quiconque était de l'autre côté avait essayé de m'achever.

Il y a eu de moins en moins de détonations, et bientôt les six justiciers sont revenus dans la pièce, trois hommes inconscients dans les bras. Ils m'ont jeté un coup d'œil, et en un éclair, cinq ont sauté par le toit ouvert. Je m'attendais à ce que le sixième les suive, mais son visage masqué restait tourné vers moi.

– Qui êtes-vous ? ai-je gémi malgré la douleur.

Ignorant ma question, il s'est approché et s'est penché vers moi, me regardant dans les yeux. Puis il a reculé, et j'étais sûr qu'il allait me laisser mourir là quand, plutôt que de sauter à son tour, il est reparti par la porte. Je l'ai entendu fouiller, puis des clés ont tinté. Il est revenu et, passant une clé dans le verrou des chaînes à mes poignets, m'a libéré, puis redressé par le collet. Il a passé un bras autour de ma taille pour me soutenir. Je me suis cramponné à lui et nous avons bondi ensemble. Même dans mon état affaibli, je n'ai pas eu trop de mal à faire le saut.

Nous nous sommes retrouvés sur le toit de la cabane, surplombant la forêt dense. Il a pointé vers le bas, où ses cinq camarades l'attendaient avec les trois chasseurs.

Nous avons sauté avant de partir à la course. À mon grand soulagement, le soleil était bien moins intense au sol, où les épaisses feuilles bloquaient presque toute la lumière. Nous avons filé à toute vitesse à travers la forêt.

Ce sont sûrement des vampires.

J'ai essayé d'ignorer le sang qui s'écoulait de l'humain que transportait le vampire devant moi. Je devais me faire violence pour ne pas le lécher à même le sol. Bientôt, nous avons atteint un rivage. Nous nous sommes arrêtés au moment où nous avons vu l'océan apparaître, restant cachés à l'ombre des arbres qui bordaient la plage.

Quand nous nous sommes arrêtés, j'ai fixé les six hommes masqués et répété ma question :

« Qui êtes-vous ? »

Le vampire à côté de moi a ôté son masque. Il avait de longs cheveux bruns attachés en queue de cheval, la mâchoire carrée et des yeux bleu vif.

– Jeramiah Stone, a-t-il dit, l'air méfiant. Qui es-tu ?

– Joseph Brunson, ai-je répondu, mentant avec aplomb.

C'était le premier nom qui m'était venu en tête – celui d'un ami que j'avais rencontré dans un camp d'été, quelques années plus tôt.

Le vampire à ma gauche a ôté son masque à son tour, révélant des cheveux blonds courts et des yeux bruns.

– Michael Gallow, a-t-il dit. D'où viens-tu, Joseph ? Comment t'es-tu retrouvé dans les filets des chasseurs ?

Les quatre autres ont également enlevé leurs masques. C'est là que j'ai réalisé que deux d'entre eux étaient des femmes.

– Je me suis enfui d'une île gouvernée par les sorcières noires, ai-je menti. Je faisais partie du clan de Caleb Achille.

Jeramiah et Michael ont sourcillé.

– Comment t'es-tu enfui ? a demandé Jeramiah. N'y a-t-il pas un sortilège te liant à l'île, comme tous les autres ?

– En effet. Mais on allait me transférer de l'île de Caleb à celle de Stellan. Mon sortilège avait temporairement été levé. J'ai couru le risque de m'enfuir durant le voyage. Car une fois arrivé sur l'autre île, j'aurais perdu ma chance à jamais.

– Comment es-tu arrivé ici ?

– J'ai plongé par-dessus bord. On m'a repêché, et je me suis retrouvé ici. Puis les chasseurs m'ont ramassé.

– Alors tu es un rebelle, a conclu Jeramiah en me regardant attentivement, l'air intéressé.

– Oui, ai-je répondu.

– Cette forêt… a marmonné une goule aux cheveux noirs. Pourquoi ici en particulier ? Tu sais qu'il y a un portail pas loin ?

Je l'ai fixée, hochant la tête.

– J'ai volé une carte dans le bureau de la sorcière durant mon séjour là-bas. Comme je n'avais nulle part où aller et que j'étais dans les parages, j'ai voulu aller voir…

Ma voix s'est estompée. *La carte.* J'ai instinctivement fouillé dans ma poche, là où je l'avais mise. Elle n'était plus là.

Merde.

– Ah bon, une carte ? a dit Jeramiah, les yeux pétillants de curiosité. L'as-tu toujours ?

J'ai secoué la tête, grimaçant.

– Ils ont dû me la prendre.

Une brise a soufflé sur moi, transportant une forte odeur de sang humain. Mon estomac s'est renversé. J'ai agrippé une branche d'arbre, essayant de garder l'équilibre en sentant mon instinct s'emparer de moi à nouveau.

J'avais désespérément besoin de quelque chose pour me distraire. Je me suis forcé à regarder Jeramiah. Désireux de détourner l'attention de moi, j'ai redemandé : « Qui êtes-vous ? »

Les vampires ont échangé des regards. Jeramiah a

répondu :

– Nous sommes aussi des rebelles, en quelque sorte, a-t-il dit.

– D'où venez-vous ?

– On ne le dit pas à n'importe qui.

– Eh bien, que faites-vous ici ?

Jeramiah a botté l'humain à ses pieds.

– Nous nous vengeons. Ce groupe de chasseurs en particulier nous a causé des problèmes récemment. D'ailleurs, nous aimons toujours nous réapprovisionner en sang humain.

– Merci de m'avoir sauvé, ai-je dit.

Il a hoché la tête.

– Nous étions dans le coin. Ce n'est rien.

Les autres vampires semblaient s'impatienter.

– Allons-y, Jeramiah, a dit Michael en lui serrant l'épaule.

– Attends, a-t-il dit en repoussant le blond.

Il s'est approché, étudiant mon visage minutieusement. Il m'a regardé dans les yeux.

« Tu es nouvellement transformé, n'est-ce pas ? »

J'ai été pris au dépourvu. Je croyais bien cacher ma soif de sang. J'ignorais comment il l'avait deviné. J'ai cru plus sage de ne pas le nier, comme il semblait si sûr de lui, aussi j'ai opiné.

Il a esquissé un sourire complice. Puis il s'est tourné vers les autres vampires, qui me regardaient maintenant avec intérêt et ne semblaient plus impatients.

« Et tu es vraiment un rebelle ? » a demandé Jeramiah, levant un sourcil.

– Oui, je te l'ai déjà dit. Je ne serais pas ici dans cette forêt sinon.

– Hmm.

Il a croisé les bras, l'air pensif.

Puis il m'a tourné le dos et il s'est adressé aux autres dans une langue que je n'avais jamais entendue. Je ne savais pas ce qu'il disait, mais les autres ont répondu dans la même langue. La discussion a semblé s'échauffer rapidement, jusqu'à ce que Jeramiah se retourne vers moi.

« As-tu quelque part où aller ? »

J'ai secoué la tête.

« Veux-tu un refuge ? »

Je les ai regardés, étudiant leurs visages un par un. Je ne connaissais pas ces vampires, mais je ne pouvais pas non plus rester dans le sous-marin. J'avais déjà essayé, mais mon désir de sang m'avait forcé à m'amarrer pour dévorer un humain. Et maintenant que j'étais sur la terre ferme, je pourrais faire usage d'un endroit où rester, loin du soleil dardant ses rayons dans mes yeux.

– Ça dépend où c'est, ai-je répondu.

– Dans un endroit sécurisé. Loin du soleil. Loin de la menace des chasseurs. Là où il y a des réserves illimitées de sang. Là où tu n'auras jamais à te préoccuper de la faim.

J'avais l'eau à la bouche et j'étais sur le point de perdre le contrôle et saigner à blanc un des humains. Son offre était alléchante, je ne pouvais pas le nier. J'ai hoché la tête.

– D'accord. Pour l'instant.

À ma surprise, il a soulevé l'humain inconscient et l'a posé à mes pieds.

– Transforme-le à moitié.

– Quoi ?

– Tu m'as entendu. Transforme-le à moitié.

– À moitié ? Qu'est-ce que tu racontes ?

Michael lui a donné un coup de coude.

– Tu ne peux pas t'attendre à ce que tout le monde sache comment faire.

Jeramiah a acquiescé.

– Bien sûr. On le sait depuis tellement longtemps que je présume que tous les vampires le savent maintenant… Transformer à moitié les humains veut dire qu'ils ne se transforment pas complètement. Seuls les nouveaux vampires peuvent le faire. Nous avons déjà essayé de le faire avec d'anciens vampires, mais ils finissent toujours par les transformer complètement ou les tuer.

Ma tête tournait. Je n'avais jamais entendu parler de « transformer à moitié » un humain. J'avais toujours cru qu'une métamorphose pouvait soit réussir, et l'humain se transformait en vampire, soit échouer, et l'humain mourait.

– Comment on fait ?

– En te concentrant, tu injectes seulement une petite dose de venin.

Je me suis esclaffé. J'étais sûr qu'à l'instant où mes crocs effleureraient la peau du chasseur, je le saignerais à blanc, comme je l'avais fait à Yasmine et à l'autre humain dont je ne me souvenais même plus du visage.

– À quoi servent les demi-vampires, de toute façon ? Que sont-ils ? ai-je demandé.

– Ils sont des serviteurs plus utiles, et plus

permanents. Ils ne sont pas aussi forts que nous, et leur sang n'est pas attrayant. Il est amer. Ils vivent longtemps. Ils sont aussi immortels que les vampires. Et ils ne posent aucune menace car ils n'ont pas développé de griffes ni de crocs. Ils ne consomment pas de sang non plus. Ils peuvent manger de la vraie nourriture – ils sont donc plus faciles à nourrir.

– Pourquoi un nouveau vampire peut-il faire ça et pas un ancien vampire ? n'ai-je pas pu m'empêcher de demander.

– Le venin des jeunes vampires est moins puissant. Il n'agit pas aussi rapidement. C'est pourquoi je pense que tu nous seras utile… Tu pourrais au moins essayer. Dans le pire des cas, tu échoues et tu tues un ennemi.

J'ai observé le chasseur qu'il avait placé à mes pieds. J'avais assez de raisons de vouloir le tuer, après tout ce que ses camarades et lui m'avaient fait subir. Mais en vérité, je ne détestais pas les chasseurs. Mon grand-père en avait été un – fichtre, même mon père en avait jadis été un avant sa transformation. D'ailleurs, même si ce chasseur le méritait, je voulais lutter contre les ténèbres. Planter les crocs dans son cou n'aiderait en rien ma cause.

Michael a grogné.

– Ton explication, Jeramiah, laisse entendre que nous avons besoin qu'il se rallie à notre clan. Alors qu'il a bien plus à y gagner que nous.

– C'est vrai, a dit Jeramiah en me regardant sérieusement, examinant mon visage. Alors, prends ta décision. Essaie de transformer cet homme à moitié, et si tu réussis, tu pourras nous accompagner. Si tu échoues, eh bien, tu seras dans la même situation que maintenant. Je peux te montrer comment faire. Mais j'ai besoin de voir si tu sais te maîtriser.

J'ai dégluti en posant les yeux sur le chasseur. Je serais fou de penser que j'étais capable. Au moment où je planterais les crocs dans sa chair, j'aspirerais son sang en moins de deux. Je n'aurais jamais assez de retenue pour transformer un humain, et encore moins le transformer à moitié.

Sachant que mon corps le regretterait, j'ai reculé d'un pas. La requête de Jeramiah était trop immorale. Transformer à moitié une personne afin de faire d'elle un esclave pour le restant de ses jours ? Je ne connaissais même pas ces vampires. Que faisaient-ils avec les demi-vampires ?

Je me fichais de ce chasseur, et c'était pour moi plus que pour lui que j'ai reculé. Obéir serait faire un pas vers les ténèbres auxquelles je tentais d'échapper.

J'ai secoué la tête.

– Je suis désolé. Je ne peux pas.

Jeramiah a sourcillé.

– Es-tu sérieux ?

– Oui.

Les vampires se sont regardés en silence.

– Très bien, a-t-il dit.

– Allons-y, a dit Michael. On a perdu assez de temps comme ça. On se débrouillera bien sans lui. Dans le pire des cas, on peut toujours transformer un de ces humains et l'entraîner à en transformer d'autres à moitié si on veut plus de demi-sang.

Michael a tourné les talons et est reparti. Les autres l'ont suivi. Jeramiah est resté à côté de moi, me fixant toujours.

– Attends, Michael, a-t-il dit.

Michael s'est arrêté net, ne cachant pas l'impatience sur son visage.

« Donne-moi ton portable. »

– Pourquoi ?

– Donne-le-moi.

Il a semblé surpris, mais non sans réticence, il a sorti un petit portable de sa poche et l'a donné à Jeramiah, qui me l'a tendu.

– C'est pourquoi ? ai-je demandé en le prenant et l'examinant.

– Au cas où tu changes d'idée, a-t-il dit. Je suis le seul contact dans le portable. Tu peux m'appeler de n'importe où. Ce n'est pas un appareil ordinaire.

N'étant pas sûr de vouloir accepter un cadeau de ces gens, j'allais le lui rendre, mais j'ai changé d'idée et je l'ai gardé. J'ai fait oui de la tête.

« Si tu veux te joindre à nous, a-t-il dit, trouve un humain, transforme-le à moitié, puis appelle ce numéro. Nous discuterons à ce moment-là. Dans quelques jours, tu seras sûrement assez désespéré pour le faire, à force d'essayer de survivre seul ici… Souviens-toi : le truc, c'est de t'arrêter avant même de sentir que tu as commencé. »

Je l'ai regardé, perplexe. Avant de pouvoir lui demander quoi que ce soit d'autre, il s'est penché, a ramassé le chasseur, puis il a suivi les autres. Je les ai regardés disparaître entre les arbres. J'ignorais où ils allaient. Et ce que je ferais maintenant que je me retrouvais seul à nouveau.

Maintenant qu'ils étaient partis, entraînant avec eux l'odeur du sang humain, je respirais plus facilement. Mais je recommençais à sentir mes brûlures. L'agonie que j'avais endurée au soleil m'avait considérablement affaibli.

J'ai regardé le portable, puis je l'ai glissé dans ma poche. J'ignorais quoi faire maintenant. Mais quelque chose me disait que les suivre aurait été une mauvaise idée. Je m'étais déjà trop laissé aller aux ténèbres. Leur compagnie risquerait de faire tomber un brouillard permanent sur mes yeux. Je préférais rester seul. Ce qu'ils faisaient aux humains et la façon dont ils vivaient… ça me semblait être tout ce contre quoi mes parents s'étaient battus.

De plus, je ne les connaissais pas. Ils étaient peut-être ennemis de l'Ombre.

Alors que je courais sur le sable brûlant en direction du sous-marin, ma soif de sang est revenue d'un coup. J'étais fier de ne pas leur avoir dit mon vrai nom. Pas seulement pour ma propre sécurité, mais parce que je ne voulais pas salir le nom de mes parents.

Chapitre 4 : Ben

Retourner au sous-marin, en quelque sorte, était une idée stupide, d'autant plus que ma faim était revenue. Dans quelques heures seulement, le brouillard retomberait sur mes yeux et ma soif de sang reprendrait le contrôle de mon esprit. J'ai décidé de rebrousser chemin vers la rive après un moment, et je suis arrivé à la tombée du jour. Je me suis amarré sur une côte sud-américaine quelconque. En sortant de l'écoutille, une partie de moi craignait ce que je risquerais d'y trouver, tandis qu'une autre partie tremblait d'excitation, en prévision de la frénésie qui parcourait mes veines à nouveau.

La plage où j'avais atterri semblait déserte. Je l'ai longée pendant quelques kilomètres, mais comme je n'ai vu personne, je me suis avancé à l'intérieur des terres. J'ai emprunté un chemin bordé d'arbres, reniflant l'air du soir pour repérer tout signe de proximité humaine. Je me suis arrêté net en atteignant une route principale. Hormis quelques automobiles, elle était plutôt calme.

Bientôt, j'ai trouvé une place publique bondée de gens. Des jeunes de mon âge, flânant et fumant des cigarettes. Dès que j'ai posé les yeux sur eux, c'en a été fini de moi. J'ai foncé vers le centre de la place en un éclair. Ils ont à peine eu le temps de me remarquer. Je suis reparti aussi vite que j'étais arrivé, un homme dans les bras, les crocs déjà profondément enfoncés dans sa chair alors que je m'enfuyais.

Les cris se sont estompés au loin. J'ai grimpé dans un arbre, où je l'ai saigné à blanc. Puis j'ai lâché le corps, qui s'est écrasé au pied de l'arbre.

L'extase enflammait mon cerveau. Il était encore trop tôt pour ressentir l'horreur et la culpabilité. Je m'attendais à me sentir repu après avoir bu le sang de l'homme. Mais non. J'avais encore faim. Sans doute que le soleil m'avait épuisé, ou que ma soif avait augmenté, je l'ignorais. Ça m'était égal. Je savais ce que je voulais. Et je m'en suis emparé – une jeune femme cette fois, sur la même place publique.

La soulevant dans mes bras, j'ai filé vers la plage. Je me suis arrêté devant le sous-marin et j'ai fini de boire son sang avant de jeter son cadavre dans les vagues, puis j'ai grimpé jusqu'à l'écoutille.

Je l'ai refermée derrière moi et je me suis adossé au mur de métal, fermant les yeux et savourant le sang qui se répandait en moi, nourrissant chaque cellule de mon corps. Je me sentais tellement fort que j'avais l'impression de pouvoir broyer du métal avec le poing. Tellement ivre de sang que je me sentais invincible. J'ignorais que le sang pouvait procurer une telle sensation aux vampires. Il assouvissait leur faim, calmait le feu dans leur ventre, je le comprenais… mais ça ? C'était comme une drogue. Je ne me souvenais pas avoir entendu même mon père décrire la soif de sang avec autant d'intensité.

Je me suis redressé et avancé vers le poste de pilotage, faisant marche arrière avec le sous-marin et m'éloignant de la côte. Je me suis arrêté à trois milles au large, puis je me suis couché par terre et j'ai fixé le plafond sombre.

J'avais l'impression de développer une dépendance. Plus je tuais, plus je voulais tuer. Et c'était de plus en plus facile. Chaque gorgée de sang faisait disparaître ma culpabilité. Mon hésitation. Ce n'est qu'après environ cinq heures que la première lueur de regret a émergé dans mon esprit sombre.

Je ne peux pas continuer à tuer ainsi.

Et pourtant, je savais que tant que je resterais seul dans ce sous-marin, je le ferais. Personne n'était là pour me retenir. Même quand j'essayais d'éviter de revenir sur la terre ferme, une fois que les ténèbres embrouillaient mon esprit, j'y retournais malgré moi.

J'ai marché jusqu'à la salle de bain et je me suis fixé dans le miroir. J'ai failli hurler de terreur. Mes iris étaient complètement noirs. On aurait dit qu'ils n'avaient jamais été verts.

J'ai jeté de l'eau froide sur mon visage, puis je l'ai essuyé avec une serviette, comme si le geste changerait la couleur de mes yeux.

J'ai reculé jusqu'à ce que mon dos heurte le mur de la salle de bain.

Que m'arrive-t-il ?

Chapitre 5 : Ben

Le sursaut de lucidité que j'avais eu plus tôt n'a pas duré longtemps. Bientôt, j'ai désiré ressentir l'extase du sang humain coulant dans mes veines à nouveau. J'ai passé des heures au poste de pilotage à fixer l'océan sombre par le hublot. J'y suis resté pendant presque toute une journée avant que ma soif de sang ne reprenne le dessus et que, esclave de mon propre désir, je fasse demi-tour et retourne vers la côte.

J'ai à peine senti le soleil brûler ma peau alors que je cherchais mes prochaines victimes. Je ne pensais qu'au liquide exquis qui coulerait bientôt dans ma bouche.

Durant les jours suivants, j'ai perdu le compte des humains que j'avais tués. Après une dizaine de meurtres, la culpabilité avait pour ainsi dire disparu. Je n'étais plus assez conscient de moi-même pour m'en faire. Ma nature ne me faisait plus peur. Égorger un humain était devenu un geste aussi naturel qu'éplucher une orange, un simple moyen de subsistance.

Ce n'est que lorsque le portable a vibré dans ma poche de chemise que j'ai lentement repris conscience de moi-même.

Je l'ai maladroitement ouvert.

– Bonjour ? ai-je dit.

– Joseph, a dit la voix de Jeramiah.

– Que veux-tu ? ai-je soufflé.

– Je voulais savoir comment tu allais. Tu te débrouilles bien ?

– Ça va, ai-je grogné.

– Bien, bien. Alors tu trouves assez de sang ?

– Oui.

– D'accord. J'étais curieux, c'est tout. Tous les jeunes vampires n'ont pas l'étoffe des meurtriers, vois-tu. Certains préfèrent que d'autres tuent à leur place, et seulement boire le sang. Mais on dirait que tu te débrouilles à merveille.

Sur ce, il a raccroché.

J'ai fixé l'appareil dans ma main. Quelque chose dans ses derniers mots m'avait contrarié, bien que j'ignore quoi exactement.

Un meurtrier. C'était ainsi qu'il m'avait appelé.

Je suis un meurtrier.

Le mot a enfin déclenché les émotions que je n'arrivais pas à éprouver depuis des jours. La culpabilité. Le regret. La peur de ce que je devenais, sans doute ce que j'étais déjà devenu.

Non. Je ne peux pas me laisser sombrer ainsi.

Je me suis redressé, fixant toujours le portable.

Je ne suis pas un meurtrier. Je me répétais cette phrase dans ma tête, comme si le simple fait de la dire la rendrait vraie.

J'ai marché jusqu'au fond du sous-marin et j'ai frappé le mur de métal, le bosselant davantage. J'ai tapé des pieds au sol, faisant remuer et tanguer le sous-marin.

Non, je ne peux pas faire ça.

J'ai essayé de penser à mes parents, mais ils n'étaient plus qu'un souvenir lointain. Tout comme Rose.

Je n'ai personne d'autre que moi à sauver maintenant.

Je dois cesser de tuer.

Mon corps entier a frissonné, comme si mon sevrage commençait déjà rien qu'à l'idée.

Ma dernière victime était fraîche dans ma mémoire, mon estomac rempli. J'ai regardé le portable à nouveau.

J'aurais peut-être dû suivre Jeramiah et les autres. Là où je n'aurais sans doute pas à tuer moi-même. Il avait dit qu'ils avaient du sang.

Sans doute aurais-je la chance de sortir de ma torpeur.

Chapitre 6 : Ben

Si je voulais sérieusement considérer l'offre de Jeramiah, je devais agir au plus vite. Avant ma prochaine vague de faim. Je venais de consommer trois humains. Je doutais pouvoir boire plus de sang, même si j'essayais. J'étais rempli à ras bord.

Je me suis surpris à ouvrir le portable et passer le pouce sur le clavier. Jeramiah avait dit que je devrais « transformer à moitié » un humain et le lui apporter pour être accepté dans son groupe. Ce qui exigeait une excellente maîtrise de soi. N'importe quel vampire aurait du mal à accomplir cette tâche, et encore moins moi. Je pouvais à peine regarder un humain sans saliver.

Mais je devais essayer. Je ne pouvais pas continuer à vivre ainsi. Sinon, je ne pourrais jamais retourner sur l'Ombre. Et comme j'avais du mal à imaginer que ma situation désespérée puisse empirer, je n'avais rien à perdre en rejoignant le clan de Jeramiah… peu importe ce que j'y trouverais.

Amarrant le sous-marin près d'une côte différente de la dernière, je me suis aventuré sur la plage. C'était la nuit, ce qui me faciliterait la tâche. Je pourrais me faufiler plus furtivement dans la foule. Il semblait que je me sois arrêté dans un endroit touristique. Les plages étaient noires de monde, même à cette heure-ci de la nuit – ce qui était à la fois un avantage et un inconvénient. J'avais l'embarras du choix, mais la plupart des gens étaient réunis en petits groupes serrés. Je ne voulais pas causer plus d'émoi qu'il n'en fallait.

J'ai dépassé la plage, marchant jusqu'à un boulevard. En face, il y avait plusieurs restaurants et boutiques. J'ai regardé de chaque côté de la route en me demandant par où commencer. Puis quelque chose a attiré mon attention. Un panneau indiquant un hôpital.

Même dans mon état, j'étais assez conscient pour comprendre les répercussions de mon geste ; je m'apprêtais à condamner quelqu'un à une existence de servitude envers un groupe de vampires dont je ne savais rien. Je devais au moins essayer de bien choisir ma victime.

Dans un hôpital, je trouverais des gens malades. Peut-être même en phase terminale. Des gens qui feraient tout pour avoir une deuxième chance.

Je ne savais pas encore grand-chose sur les demi-vampires. Mais Jeramiah avait dit qu'ils étaient aussi immortels que les vampires. Si leur vie valait la peine d'être vécue ou pas était une tout autre question. Mais je tenais à choisir une personne ayant déjà accepté sa mort imminente. Ce qui rendrait ce que je m'apprêtais à commettre un peu moins monstrueux.

Aussi j'ai suivi les indications du panneau. J'ai longé la route en courant, surveillant les panneaux, jusqu'à ce que j'arrive devant un énorme immeuble en verre. C'était l'hôpital.

Heureusement, j'avais eu la présence d'esprit de mettre des vêtements propres avant de partir. Arriver couvert de sang m'aurait donné l'air d'un patient ou d'un tueur en série, pas d'un visiteur. Prenant une grande inspiration, j'ai marché vers les portes d'un pas déterminé.

Un éclairage fluorescent m'a accueilli alors que je me suis avancé vers la réception. Deux femmes à la peau foncée étaient assises derrière, remplissant des formulaires médicaux. L'une d'elles a levé la tête et m'a parlé en espagnol.

– Comment puis-je vous aider ?

À ce moment-là, j'étais heureux d'avoir appris l'espagnol à l'école.

– Pourrais-je avoir un plan du bâtiment, s'il vous plaît ?

Elle a ouvert un tiroir et m'en a tendu un.

– Êtes-vous ici pour une visite ? a-t-elle demandé.

J'ai acquiescé, mais je ne lui ai pas laissé le temps de me demander qui j'étais venu voir. J'ai reculé et commencé à étudier le dépliant. Mes yeux se sont posés sur le plan de l'étage supérieur – là où étaient les patients à long terme, à en croire la légende au bas du plan.

Je n'avais pas le temps de découvrir comment m'y rendre normalement. Mon corps m'était encore étranger, et qui sait, il pourrait soudainement décider qu'il avait soif de sang à nouveau. Je devais faire vite. J'ai inséré le dépliant dans ma poche de chemise et je suis ressorti de l'hôpital. Les yeux levés vers le toit, j'ai fait le tour de l'immeuble à pied. Il était presque entièrement vitré, à l'exception de minces poutres sous chaque rangée de fenêtres.

Après avoir fait le tour de l'édifice, j'ai décidé que monter à l'arrière attirerait moins l'attention. J'ai serré ma ceinture, remonté la fermeture éclair de mon pull et mis ma capuche. Puis j'ai bondi et commencé à grimper.

Je croyais que même en vampire, l'ascension serait difficile. Mais à ma grande surprise, sauter d'une corniche à l'autre a été un jeu d'enfants. Comme si je l'avais déjà fait des centaines de fois. En atteignant le dernier étage, j'ai regardé en bas. Mon estomac a chaviré. Je n'étais pas sûr de pouvoir survivre une telle chute à moins d'atterrir parfaitement.

Je me suis forcé à me concentrer sur ma tâche. Comme aucune des fenêtres n'était ouverte, j'ai décidé de grimper jusqu'au toit. En défonçant une porte là-haut, j'attirerais moins l'attention que si je brisais une fenêtre au dernier étage. Peut-être une fenêtre de salle d'opération…

Je me suis hissé sur le toit et je l'ai balayé des yeux. Il y avait bel et bien une porte au centre. Je me suis approché et j'ai tiré la poignée. C'était verrouillé, comme je m'y attendais. J'ai agrippé la poignée, le métal s'écrasant dans ma main, puis je l'ai arrachée. C'était mieux que de donner un coup de pied dedans.

J'ai poussé la porte et je me suis retrouvé en haut d'un escalier sombre. Gardant ma capuche, j'ai refermé la porte derrière moi avant de descendre les marches à toute vitesse. Une lumière se diffusait par deux portes en verre à l'étage inférieur. Je les ai ouvertes, me retrouvant dans une salle d'entreposage. Il y avait des étagères remplies d'équipements médicaux. J'ai traversé la pièce jusqu'à la porte du fond, menant à une autre réserve. J'allais sortir quand j'ai aperçu des blouses blanches et des badges de visiteurs dans un coin. J'ai enfilé une blouse et attaché un badge dessus. *Parfait.*

Quand j'ai ouvert la porte, l'odeur du sang humain a empli mes narines. Des infirmières et des médecins déambulaient dans les couloirs. J'ai attendu que la voie soit libre pour sortir. J'ai fixé le sol en essayant de marcher à une vitesse normale d'humain. Je ne voulais pas croiser le regard de quiconque.

Maintenant que j'étais à l'étage voulu, il ne me restait plus qu'à trouver le bon patient. L'arôme du sang humain était de plus en plus fort – un mélange de sang frais et sain et de sang malade de mourants. Ce dernier était le type dont j'avais besoin. D'ailleurs, il me serait plus facile de ne pas tuer la personne si son sang avait mauvais goût.

J'ai marché d'une pièce à l'autre, cherchant une chambre où il n'y avait pas beaucoup de gens. Mais c'est ma victime qui m'a trouvé.

Alors que je longeais un couloir dans une aile particulièrement déserte, j'ai entendu le bruissement d'un rideau de plastique à quelques mètres à ma droite. J'ai pivoté, apercevant une paire d'yeux curieux qui m'observaient, et une main émaciée tenant le rideau. Un jeune homme. Tellement chétif qu'il m'était difficile de déterminer son âge. Mais il ne devait pas avoir plus de vingt-cinq ans.

– Hé, a-t-il dit d'une voix frêle.

Je me suis approché prudemment, levant un sourcil.

Son visage s'est contracté de douleur.

« J'ai besoin d'aide. »

À ma surprise, il avait parlé anglais.

– Que se passe-t-il ? ai-je dit en m'arrêtant au pied de son lit.

Il a grimacé, serrant sa poitrine en respirant difficilement.

– Le médicament que tu m'as donné plus tôt ne fonctionne pas.

Je me suis penché vers lui et ses yeux ont semblé se focaliser. Il a juré.

« Ce n'était pas toi. C'était quelqu'un d'autre… j'ai fichtrement mal. Tellement que je n'y vois plus rien. »

Avec ma blouse blanche, il avait évidemment présumé que j'étais médecin.

– Ça va, ai-je dit. Je peux t'aider.

Il a pris la planchette à pince à côté de son lit et l'a brandie vers moi.

– C'est ma fiche médicale. Lis-la avant de te mêler de mes affaires, a-t-il grogné. Maudit hôpital. Je parie qu'ils seraient incapables de m'affecter un seul médecin même si c'était mon dernier souhait.

J'ai inspecté sa fiche et mes yeux se sont posés sur les mots inscrits dans le haut de la page.

« Tobias Cole. Cancer bronchique. Phase terminale. »

Ça fera l'affaire.

J'ai fait semblant d'étudier la fiche pendant quelques instants avant de m'asseoir à côté de son lit. J'ai tendu la main vers lui, tâtant son pouls. Il s'est tortillé.

« Bon Dieu ! T'es froid ! »

– Pardon, ai-je murmuré en retirant ma main.

J'ai dégluti en observant l'homme. Il me regardait attentivement et des larmes de douleur lui montaient aux yeux. Les derniers mots de Jeramiah ont résonné dans ma tête.

« Le truc, c'est de t'arrêter avant même de sentir que tu as commencé. »

Qu'est-ce que ça veut dire ?

Tobias devenait impatient. Je n'avais pas vraiment le temps d'y réfléchir. Je n'avais qu'à espérer que son sang soit assez dégoûtant pour que je réussisse. Il exhalait certainement une odeur de mort. J'ai grimacé.

– Quoi ? a coassé Tobias.

– Rien.

Je me suis levé, affichant un air professionnel, puis

je lui ai demandé de se coucher sur le dos.

« Je vais faire disparaître la douleur. Mais d'abord, je veux que tu fermes les yeux. Peux-tu faire ça pour moi ? »

Il a semblé perplexe, mais il a obéi sans broncher.

J'ai fermé le rideau, puis je me suis penché vers lui et j'ai couvert sa bouche pour étouffer ses cris avant de planter les crocs dans son cou. Ses gémissements étaient trop faibles pour qu'on nous entende de toute façon. D'ailleurs, ils faisaient écho à ceux qui résonnaient dans cette aile de l'hôpital. Quand j'ai senti le sang couler dans ma bouche, j'ai respiré par le nez, car son goût était aussi rance que son odeur.

Arrête avant de sentir que tu as commencé.

Une fois de plus, je me suis demandé ce que Jeramiah avait voulu dire. Fichtre, je ne savais même pas comment transformer quelqu'un. Je savais sucer le sang, mais je n'avais jamais injecté de venin. J'ai essayé de me rappeler ce qu'avait fait mon père en me transformant. J'ai écarté les lèvres pour donner une bonne marge de manœuvre à mes crocs. Et puis c'est arrivé : un liquide glacé a jailli de mes canines, s'injectant dans le cou de l'homme.

J'ai reculé brusquement. J'avais l'impression de

m'être arrêté trop tard. D'avoir injecté trop de venin en lui. J'espérais que ce ne soit pas le cas.

L'homme s'est mis à convulser sur le lit. Maintenant que sa transformation – ou, je l'espérais, sa demi-transformation – avait commencé, je devais trouver un moyen de nous sortir de là et de le ramener au sous-marin au plus vite.

Je l'ai enveloppé dans le drap, couvrant son visage et empêchant ses membres de convulser trop violemment, puis je l'ai soulevé dans mes bras et je suis parti à la course vers la sortie. Plus besoin de cacher ma vitesse. On remarquerait sans aucun doute que j'avais kidnappé un patient souffrant ; je ferais mieux de me déplacer assez vite pour que les témoins ne comprennent pas ce qu'ils avaient vu avant que je sois déjà loin.

J'ai filé dans les couloirs et Tobias a cessé de bouger. Ma vitesse lui avait sûrement coupé le souffle. J'ai longé un couloir après l'autre, ignorant les cris grandissants derrière moi. Quand j'ai atteint la première salle d'entreposage, une alarme a retenti dans l'hôpital. J'ai traversé la pièce à toute vitesse jusqu'à la suivante, puis j'ai continué jusqu'aux portes en verre menant à l'escalier qui menait au toit.

J'ai grimpé les marches et défoncé la porte d'un grand coup de pied. Dehors, une légère bruine humidifiait l'air du soir.

J'ai couru jusqu'au bord du toit et j'ai regardé en bas.

J'ai juré. Je n'avais pas réfléchi à comment redescendre avec Tobias. Il était certainement trop faible pour s'accrocher à moi. De plus, il était grand – presque autant que moi. Et comme il avait recommencé à se tortiller, je ne pourrais jamais redescendre avec lui en toute sécurité.

J'ai longé le bord du toit en courant, soulagé d'apercevoir ce que j'espérais trouver : un autre toit à environ cinq mètres de celui où j'étais. C'était la solution la plus logique. Je pouvais sauter sans trop de difficulté.

J'ai reculé sur quelques mètres pour me donner un élan. Serrant Tobias de plus belle, j'ai accéléré et bondi vers le toit voisin, atterrissant sans encombre. Cet édifice avait environ deux étages de moins que l'hôpital. Quand même haut, mais au moins, j'étais maintenant à un niveau duquel je pourrais sauter au sol sans risquer de me blesser ou, pire encore, blesser Tobias.

Après avoir atterri, j'ai couru le long de la corniche à nouveau. L'immeuble voisin n'était pas plus bas, mais il semblait plus facile à escalader. J'ai donc sauté encore une fois d'un toit à l'autre et, en prenant mon temps, j'ai réussi à redescendre jusqu'au sol en m'accrochant aux rambardes des balcons.

Maintenant que j'étais au sol, je suis reparti à la course sans perdre une seconde. J'ai fait quelques mauvais virages, mais je me suis bientôt retrouvé sur la promenade longeant la plage. J'ai couru dans le sable jusqu'à l'océan. Serrant toujours Tobias dans mes bras, j'ai nagé de toutes mes forces vers le sous-marin que j'avais ancré à environ un demi-mille de la côte. Je l'ai hissé jusqu'au toit, j'ai ouvert l'écoutille et je l'ai glissé à l'intérieur avant d'entrer à mon tour. Haletant, je l'ai déposé sur un lit dans une des cabines et verrouillé la porte derrière moi. Puis j'ai essuyé la sueur sur mon front en retournant au poste de pilotage et j'ai sorti le portable que Jeramiah m'avait donné.

Je l'ai allumé, m'attendant à devoir remonter sur le toit pour capter un signal, mais ce portable était différent, car même à travers les murs épais du sous-marin, le signal était fort.

Je me suis affalé sur mon siège. J'ai trouvé le numéro de Jeramiah, seul contact dans le portable, et je l'ai appelé. J'ai écouté les sonneries. Une. Deux. Trois. Il a répondu après la quatrième.

– Oui ?

J'ai dégluti.

– Je pense que je suis prêt à accepter ton offre.

Il y a eu un silence.

– Tu as réussi à créer un demi-sang ? a-t-il fini par demander.

– Il se transforme en ce moment. Je le saurai dans quelques heures.

– Alors rappelle plus tard.

Jeramiah a raccroché.

J'ai déposé le portable sur le tableau de bord, le fixant en me mordant la lèvre.

Tobias Cole. J'espérais seulement qu'à son réveil, il soit un demi-sang et non un vampire. Je n'avais pas besoin de la compagnie d'un vampire enragé. J'en avais déjà plein les bras avec moi-même.

Chapitre 7 : Caleb

J'avais le cerveau dans le brouillard. J'avais du mal à penser à autre chose que le souvenir du cadavre de Rose se réduisant en cendres près du lac. La scène rejouait dans ma tête comme un cauchemar duquel je ne pouvais pas m'enfuir.

J'ignorais combien de temps s'était écoulé depuis la dernière fois où j'avais fermé l'œil. Mais quand Annora s'est préparée à dormir, j'aurais dû savoir que je devais rester éveillé. J'aurais dû me douter qu'elle manigançait quelque chose.

Je me suis violemment redressé dès que je l'ai goûté. Du sang chaud. Celui d'Annora. Je l'ai vite recraché, mais il était trop tard. Son goût sucré s'est emparé de moi, enflammant tous mes sens.

Je me suis relevé en m'agrippant au bastingage, regardant Annora furieusement. La vue du sang qui s'écoulait de sa paume n'a fait qu'accélérer ma descente vers les ténèbres.

J'ai foncé sur elle, la plaquant contre la paroi du bateau. J'ai brusquement tiré ses cheveux, les écartant de son cou. Elle n'a pas bronché lorsque mes crocs se sont profondément enfoncés dans sa chair. Elle m'a accueilli. Serrant ma taille de toutes ses forces, elle m'a tiré vers elle en gémissant mon nom.

Au début, je ne comprenais pas pourquoi elle ne criait pas ni se débattait. Pourquoi elle gémissait de plaisir alors qu'elle aurait pu perdre la vie à tout moment. Ce n'est qu'après plusieurs longues gorgées de sang que j'ai réalisé : c'était parce qu'elle savait. Elle savait ce qui se passait.

Elle savait qu'à chaque gorgée de son sang, la souffrance d'avoir perdu Rose s'estompait, graduellement remplacée par un désir enivrant et aveuglant d'Annora.

Chapitre 8 : Rose

– Je veux faire une promenade, ai-je déclaré, posant les mains sur les hanches en regardant Bella sévèrement.

Elle était assise dans un coin de la pièce, tricotant ce qui semblait être une longue écharpe.

J'avais déjà essayé d'ouvrir la porte principale pendant qu'elle était occupée dans la cuisine, mais elle était verrouillée à double tour. Et comme je voyais en regardant par la fenêtre qu'il me serait impossible de sortir par là, je n'avais pas d'autre choix que de demander à l'ogresse.

Bella a soupiré d'agacement, indiquant la pièce

d'un geste de la main.

– Tu peux te promener ici. C'est grand.

– Non, je suis claustrophobe. J'ai besoin d'un espace ouvert pour me dégourdir les jambes. Tu peux m'escorter.

Elle m'a dévisagée, puis a secoué la tête.

– Pas le droit, a-t-elle dit, pinçant ses lèvres charnues.

– Quel genre de bonne es-tu si tu n'emmènes même pas ta maîtresse faire une promenade ?

– Ce sont les ordres du maître.

J'ai grimacé, me laissant retomber sur le lit. Sa réponse à tout était : « Ce sont les ordres du maître. » Elle refusait encore de me dire où j'étais exactement, et ce que ce salaud d'Anselm et l'ogre plus âgé me réservaient.

Mes yeux se sont posés sur le trousseau de clés accroché à son énorme taille. Puis sur son visage. Elle était à nouveau pleinement concentrée sur son tricot. Je me suis levée tranquillement, j'ai tiré un pouf et je me suis assise à côté d'elle, prétendant montrer un intérêt soudain pour le tricot. En réalité, j'essayais de voir s'il me serait difficile de détacher les clés de sa ceinture une fois qu'elle se serait endormie – si toutefois elle restait dans mes quartiers.

– Tu aimes tricoter, n'est-ce pas, Bella ? ai-je dit, tentant de la distraire.

Elle a hoché la tête avec enthousiasme.

– J'adore ça.

Après avoir bien inspecté le trousseau pour savoir comment j'allais le lui enlever sans qu'elle ne le remarque, je me suis levée et je suis retournée vers le lit. J'ai regardé par la fenêtre. Le ciel nuageux s'assombrissait. Je me suis dit que la nuit tombait.

J'ai bâillé, Bella a levé la tête vers moi.

– Tu as sommeil ?

– Oui, ai-je dit, bâillant encore. Je pense que j'ai besoin de dormir. N'as-tu pas sommeil aussi ? On dirait qu'il est tard.

J'ai regardé le ciel à nouveau, espérant qu'il soit bel et bien tard.

Bella m'a regardée attentivement.

– Je suis peut-être un peu fatiguée, oui. Mais d'abord, je dois manger.

– D'accord, ai-je dit. Mange quelque chose et après, nous irons au lit.

Sa chaise a grincé lorsqu'elle s'est levée, posant son tricot sur la table. Elle s'est rendue dans la cuisine. Je me suis allongée sur le lit, écoutant le bruit des casseroles qui s'entrechoquaient et du feu qui s'allumait. Elle est revenue dans la pièce quelques minutes plus tard, une marmite remplie de ragoût dans les mains. Elle a placé une assiette sur le sol pour éviter de le tacher, puis a brandi une grosse cuillère de bois et s'est mise à ingurgiter le ragoût.

Alors c'est pour ça qu'elle en a cuisiné autant.

Elle a fini son repas en moins de deux. Elle s'est essuyé la bouche avant de faire un énorme rot. Puis elle est retournée dans la cuisine pour ranger.

J'ai attendu patiemment son retour. Je m'attendais à ce qu'elle se recroqueville dans un coin de ma chambre et qu'elle s'endorme là, mais à mon horreur, elle s'est immédiatement dirigée vers la porte principale.

J'ai bondi de mon lit et je me suis placée devant la porte avant qu'elle puisse l'atteindre.

« Attends. Ne me laisse pas seule ici toute la nuit. Reste avec moi. On peut te trouver des coussins et une couverture et tu peux dormir dans un coin, sur le tapis épais. »

Elle a secoué la tête.

– Je veux mon lit, a-t-elle maugréé, les paupières

lourdes.

Je me suis dit que le ragoût lui avait donné un coup de barre.

– Mais je pourrais m'enfuir pendant la nuit. Le maître voudrait que tu restes avec moi.

Elle a soupiré en levant son trousseau de clés.

– Tu ne vas pas t'enfuir parce que je vais t'enfermer ici.

– S'il te plaît, Bella, ai-je dit en serrant ses mains dodues. J'ai tellement peur de rester seule. Reste avec moi, je t'en prie… N'as-tu pas un fils ou une fille ?

Elle a fait une pause, hésitante, mordant sa lèvre.

« Eh bien, si tu en avais une, voudrais-tu qu'elle dorme seule dans un endroit inconnu ? »

J'ignorais ce qui m'avait pris d'utiliser une tactique du genre avec une ogresse. Mais j'étais désespérée et c'était la première chose qui m'était venue à l'esprit.

À mon grand étonnement, ça a semblé marcher. Elle s'est éloignée de la porte. J'aurais juré voir des larmes dans ses yeux lorsqu'elle a répondu : « Non, je ne voudrais pas ça pour ma fille. »

J'ai été tellement prise au dépourvu par sa réaction que j'ignorais comment réagir. Mais j'ai vite retrouvé ma contenance.

– Alors s'il te plaît, reste avec moi, d'accord ?

Elle a soupiré, hochant la tête.

– D'accord.

J'ai pris sa main et je l'ai entraînée dans un coin de la chambre. J'ai indiqué le tapis épais. Il était assez grand pour qu'elle s'allonge confortablement dessus. J'ai pris quelques oreillers de mon lit et je les ai placés sur le tapis pour elle. J'ai ôté une couverture, que je lui ai tendue. Elle a installé son lit improvisé et s'est couchée, se glissant sous la couverture et me regardant.

Je me sentais un peu mal.

– Est-ce assez confortable ? ai-je demandé.

Elle a souri légèrement.

– C'est plus confortable que mon propre lit.

– Oh, d'accord.

Je me suis demandé où elle vivait et où elle avait l'habitude de dormir.

J'ai grimpé dans mon lit et me suis enveloppée dans les draps restants. Un silence s'est abattu sur la pièce, brisé seulement par la respiration bruyante de Bella.

J'ai écouté attentivement, attendant que son souffle se transforme en ronflement. Elle avait semblé tellement épuisée que ça ne devrait pas tarder. Elle devait même s'être endormie dès que sa tête avait touché l'oreiller. Mais après environ quinze minutes, sa respiration n'avait pas changé. J'allais me lever pour vérifier lorsque soudain, elle a parlé.

– J'avais une fille, tu sais.

Sa voix était étouffée.

– Oh. Vraiment ?

– Oui. Elle était très jolie. Tu es presque aussi jolie qu'elle l'était.

– Merci.

– Elle est morte il y a deux ans. Son père l'a battue.

Ouh là. Comment suis-je censée répondre à une chose pareille ?

– Je… Je suis vraiment désolée.

Je me suis assise dans le lit, la regardant de l'autre côté de la pièce. La lanterne au mur projetait des ombres sur elle. Des larmes brillaient dans ses yeux.

« Son père… Tu veux dire que tu as, ou que tu avais un mari ? »

– J'ai un mari.

– Où est-il ?

– Il est mort.

– Oh, tu as un mari mort.

– Oui.

Je me suis tue un instant, me demandant si ma prochaine question était indiscrète. Mais elle ne semblait pas trop affectée lorsqu'elle parlait de sa mort.

– Que lui est-il arrivé ?

– Il a perdu une bagarre, a-t-elle marmonné.

Elle a fait une pause, essuyant ses yeux du dos de la main et se mouchant sur sa manche.

« C'est la meilleure chose qui me soit arrivée. Il était méchant. »

Méchant.

Quelque chose dans ce mot m'a donné une impression de déjà-vu. Je me suis rappelé l'avoir entendu de la bouche d'un autre ogre, la fois où j'avais rendu visite à Brett dans sa caverne. Il avait dit que les ogresses étaient méchantes. C'était son excuse pour rester célibataire.

Hmm.

Avant que je puisse penser davantage à Brett, Bella a brisé le silence.

« Ma fille aussi avait peur de dormir seule, tu sais. Elle essayait toujours de se faufiler dans notre chambre. C'était une gamine espiègle. Un jour, elle a fait quelque chose de mal. Elle a volé une assiette de nourriture dans les cuisines royales. Mon mari l'a réduite en bouillie. Il ne voulait pas qu'elle fasse honte à notre famille. »

– Je suis contente qu'il soit mort, ai-je dit. C'était un monstre.

Bella a soupiré profondément. J'ai retenu mon souffle en me demandant si elle continuerait à parler. Bien que je sois horrifiée par ce qu'elle me raconte et que j'aie le cœur brisé pour elle, je ne pouvais pas m'empêcher de sourire amèrement. *Quand j'essayais de lui soutirer des informations, elle avait la bouche cousue, et maintenant, elle ne veut plus se taire.*

Mais après dix minutes, elle a commencé à ronfler. J'ai soupiré de soulagement.

Maintenant, le vrai travail commence.

Je suis sortie du lit en faisant le moins de bruit possible, marchant à pas feutrés jusqu'à Bella. Ses ronflements étaient de plus en plus forts, j'espérais qu'elle dorme à poings fermés. Je me suis agenouillée près d'elle et je l'ai observée, cherchant le trousseau. Il n'était pas de ce côté, aussi j'ai fait le tour et je me suis accroupie derrière elle. Il n'était pas là non plus.

Où diable…

Mon cœur a chaviré quand j'ai aperçu une lueur

métallique près de sa poitrine. Je me suis penchée et j'ai vu l'extrémité du trousseau – caché sous sa veste.

Oh, génial.

J'espérais qu'après que Bella se soit endormie – si toutefois elle n'avait pas le sommeil léger –, je pourrais détacher les clés de sa ceinture et m'enfuir. Mais maintenant qu'elle avait changé le trousseau de place, je ne savais pas comment m'en emparer sans qu'elle le remarque.

Je suis restée assise là pendant un bon moment à fixer le trousseau. Après dix minutes pendant lesquelles elle est restée immobile, j'ai regardé autour de moi à la recherche d'un objet qui pourrait m'aider à l'attraper. J'ai aperçu ses aiguilles de tricot, toujours posées sur la table. Doucement, j'en ai retiré une de l'écharpe en cours, puis je suis retournée vers Bella. Retenant mon souffle, j'ai tendu l'aiguille vers elle, la glissant lentement sous sa veste, enfilant l'aiguille dans le trousseau. Les mains moites, j'ai tiré légèrement pour voir s'il était coincé là. Comme elle était couchée sur le côté, il l'était. Le trousseau n'a pas bougé d'un poil.

Je devais faire en sorte qu'elle se retourne. Si elle se couchait sur le dos, j'aurais plus de facilité à l'extraire.

Mais comment la faire bouger sans la réveiller ?

Tout dépendait de si son sommeil était léger ou non…

J'ai marché jusqu'à la grande armoire dans un coin de la pièce. J'ai ouvert les deux portes, grimaçant lorsqu'elles ont grincé. J'ai jeté un coup d'œil derrière pour voir si, par chance, le bruit avait fait bouger Bella. Non. J'ai inspecté les étagères et trouvé un châle de soie. Je l'ai pris et je suis retournée vers l'ogresse, marchant toujours sur la pointe des pieds. J'ai agité l'étoffe au-dessus de son visage, effleurant la pointe sur son nez. Bella est restée immobile. J'ai agité le châle un peu plus rapidement, puis son visage s'est crispé et elle a levé une main pour se gratter le nez. Ma bouche s'est asséchée ; je m'attendais à ce qu'elle ouvre les yeux. Mais non. J'ai continué à chatouiller son visage. Elle s'est gratté le visage plusieurs fois avant de changer enfin de position, se couchant sur le dos.

Une fois qu'elle s'est remise à ronfler, j'ai laissé tomber le châle et repris l'aiguille. Je l'ai glissée dans le trousseau de clés à nouveau. Il était moins serré, cette fois. Prudemment, je l'ai soulevé, surveillant la moindre réaction sur le visage de l'ogresse. Je venais de réussir à extraire le trousseau de sa veste et je le ramenais vers moi lorsqu'elle a bougé sa main, donnant un coup dessus, l'envoyant s'écraser sur le sol.

Je me suis figée, osant à peine respirer. Elle n'a pas réagi. Le lourd tintement métallique avait été moins fort que ses ronflements, qui avaient repris de plus belle.

J'ai ramassé les clés par terre et, surveillant toujours l'ogresse, j'ai marché jusqu'à la porte d'entrée. J'ai expiré profondément en l'atteignant. Puis j'ai examiné chacune des clés. Il y en avait presque une douzaine sur le trousseau. Je me demandais laquelle était la bonne. J'ai d'abord utilisé la plus longue. Elle n'a pas fonctionné. J'ai essayé une clé après l'autre. Je commençais à m'inquiéter que la clé ne soit pas là, mais cachée ailleurs sur l'ogresse, quand l'avant-dernière a déverrouillé la porte. Le sang battant fort dans mes oreilles, j'ai serré la poignée et j'allais la tourner quand Bella a soudainement parlé.

– Hé !

Je me suis figée, me retournant lentement. Je m'attendais à la voir debout, ayant finalement entendu le tintement des clés alors que j'essayais d'ouvrir la porte. Mais elle était toujours au sol. En fait, ses yeux étaient toujours fermés.

« Non ! Non ! » a-t-elle grogné.

Elle parlait dans son sommeil. J'ai soupiré de soulagement, me tournant à nouveau vers la porte. Je l'ai poussée juste assez pour me faufiler à l'extérieur et je l'ai refermée derrière moi.

J'ai balayé des yeux le couloir éclairé par des lanternes. J'ai frissonné. L'air était glacial. J'ai examiné les murs et le plafond. Le plancher semblait fait de marbre lisse, les murs et le plafond étaient en pierre rugueuse.

Je suis restée tapie dans l'ombre du cadre de ma porte pendant quelques instants avant d'être sûre que la voie soit libre. Longeant le mur, j'ai marché le plus silencieusement possible. Comme je portais d'épaisses chaussettes de laine que j'avais trouvées dans la chambre, ça n'a pas été trop difficile. Le seul bruit que je produisais était ma respiration haletante. J'ai plaqué une main contre ma bouche pour l'étouffer.

Je ne savais pas du tout où j'allais, mais je ne pouvais pas rester où j'étais. Comme Bella refusait de répondre à mes questions sur cet endroit, je devais au moins essayer de le découvrir par moi-même.

J'ai réussi à atteindre le bout du couloir sans croiser d'ogres. Une longue fenêtre s'étendait jusqu'au haut plafond caverneux. J'ai regardé dehors. Il faisait complètement sombre, aussi je n'ai pas vu grand-chose d'autre que le contour vague des sommets qui nous entouraient. J'ai regardé dans le couloir perpendiculaire, où je venais d'arriver.

L'aile ouest. C'est l'aile ouest.

J'allais m'y engager quand j'ai entendu l'écho de voix caverneuses derrière moi. J'ai plissé les yeux, apercevant trois gigantesques ogres qui approchaient. Ils ne m'avaient pas encore vue, apparemment. Et je devais faire en sorte qu'ils ne me voient pas.

J'ai vite emprunté le nouveau couloir. En marchant, je l'ai inspecté, cherchant un recoin où me cacher jusqu'à ce que les ogres me dépassent. Il n'y avait rien de la sorte. Lorsqu'ils n'étaient plus qu'à quelques secondes de tourner le coin, j'ai désespérément regardé autour de moi et mes yeux se sont posés sur la porte la plus proche. J'ai pressé l'oreille dessus puis, tournant la poignée, je l'ai poussée.

Je me suis glissée à l'intérieur et j'ai refermé la porte. Ouf, la pièce était déserte. J'avais eu peur d'entrer dans la chambre d'un ogre.

J'ai attendu que les ogres soient passés avant d'explorer l'endroit. J'ai fait le tour de la pièce. Je me trouvais dans une sorte de cuisine. Il y avait un évier, des comptoirs de métal, des chaudrons et des casseroles et, au centre, une énorme cuisinière. Des étagères remplies de livres longeaient un mur. J'ai passé le doigt sur les reliures et j'en ai sorti un. Il était tellement lourd que j'ai dû le poser par terre. La couverture ne comportait pas de titre. J'ai ouvert le livre à la première page. Il n'y avait pas de mots, seulement des dessins. En tournant les pages, j'ai été de plus en plus horrifiée par ce que j'ai vu.

On aurait dit un manuel pratique de dissection des corps humains. Des chapitres entiers étaient consacrés à chaque partie du corps : le visage, les muscles, les organes. À la dernière page, j'avais envie de vomir.

J'ai remis le livre à sa place, puis j'en ai sorti un autre, que j'ai étalé par terre. Il n'était pas plus réconfortant. Il y avait des griffonnages sous diverses illustrations d'ingrédients, mais dans une langue que je ne reconnaissais pas. En observant quelques pages, j'ai compris qu'il s'agissait d'un livre de cuisine. Et quand j'ai tourné la dernière page, j'ai tressailli. J'étais tombée sur un dessin représentant deux bras humains qui dépassaient d'un chaudron.

Ces ogres mangent les humains.

Je m'en doutais depuis que le vieil homme que j'avais rencontré avait dit que je devais engraisser. Mais maintenant que j'en étais sûre, je ne pouvais pas m'empêcher de trembler. J'ai replacé le livre sur l'étagère et j'ai reculé.

Le cœur battant la chamade, je me suis dépêchée de sortir de la pièce.

Je dois foutre le camp d'ici.

J'ai ouvert la porte et, une fois sûre que le couloir était vide, je suis sortie et je me suis remise à le longer. Je devais trouver le portail menant au royaume humain. J'ignorais si Caleb était encore sur l'île, mais n'importe quel endroit sur Terre serait mieux qu'ici.

Au bout du deuxième couloir, je me suis retrouvée devant un large escalier. J'ai regardé en bas, tendant l'oreille. En n'entendant rien à l'étage du bas, j'ai commencé à descendre. J'ai vite atteint la dernière marche, me retrouvant dans un autre couloir presque identique au précédent. Le même plancher lisse, les mêmes murs et le même plafond de pierre, les mêmes portes en bois de chaque côté.

J'ai d'abord tourné à gauche. J'ai foncé tout droit lorsqu'une porte s'est ouverte en grinçant. Un bras en a jailli, effleurant mon épaule lorsque je l'ai esquivé. J'ai entendu un cri et des pas qui s'accéléraient, mais je ne me suis pas retournée. J'ai atteint le bout du couloir et j'ai dévalé un autre escalier. J'ai trébuché, déboulant jusqu'en bas. Je me suis relevée en jetant un coup d'œil derrière mon épaule. Trois ogresses étaient à mes trousses.

Je dois vraiment foutre le camp d'ici.

J'ai couru jusqu'au bout du couloir. Mon cœur a chaviré quand je suis arrivée devant un autre escalier qui menait à l'étage supérieur. Mais comme les ogresses approchaient, je n'avais pas d'autre choix que de monter.

Elles me rattrapaient, et vite. Leurs jambes étaient deux fois plus longues que les miennes. J'ai grimpé les marches à toute vitesse, arrivant à l'étage du haut. Les cris des ogresses ont résonné dans le couloir, et bientôt, d'autres portes se sont ouvertes alors que je courais.

Puis je me suis arrêtée. J'avais perdu le compte des couloirs que j'avais traversés, et maintenant, j'étais dans un cul-de-sac. Cette fois, il n'y avait pas d'escalier pour me sauver. J'ai agrippé la poignée d'une porte et essayé de l'ouvrir. Mais contrairement à la cuisine où je m'étais retrouvée plus tôt, cette pièce était verrouillée. J'ai essayé d'ouvrir la porte d'à côté. Mon pouls s'accélérait, les trois ogresses n'étaient plus qu'à quelques mètres. J'ai perdu tout espoir en constatant que l'autre porte était également verrouillée.

Je l'ai lâchée et j'ai reculé, grimpant sur le rebord de la fenêtre pour au moins être à la même hauteur que mes adversaires. La première ogresse s'est avancée et je lui ai botté le nez. Elle a grogné en reculant, serrant son visage entre ses mains.

Les deux autres se sont avancées et m'ont violemment agrippée avant de me plaquer au sol. Je les ai fusillées du regard. L'agacement déformait le visage d'une d'elles. Elle m'a tordu le bras tellement fort que j'ai cru qu'il allait se briser.

– Non ! ai-je crié.

– D'où sort-elle ? a demandé l'ogresse que j'avais bottée au visage.

– J'sais pas, a dit une autre.

L'autre s'est penchée pour m'observer de plus près.

– Une nouvelle recrue, sans doute, a-t-elle dit.

Trois paires d'yeux me regardaient et une main dégoûtante me serrait maintenant la mâchoire.

– On devrait la ramener avec les autres.

Elles m'ont hissée en position debout, m'appuyant contre la poitrine d'une ogresse.

– Ne me touchez pas, ai-je dit, les dents serrées.

L'ogresse qui me retenait contre elle a éclaté de rire.

– Non, gardons-la. J'ai une petite fringale, a-t-elle dit.

À mon horreur, nous nous sommes arrêtées devant la cuisine que j'avais visitée plus tôt.

« Celle-là s'est probablement échappée du donjon, a-t-elle dit en me lâchant. »

La porte s'est refermée en claquant derrière la troisième ogresse, m'enfermant dans la cuisine avec elle. J'ai essayé de courir jusqu'à la sortie, mais cette dernière m'a attrapée et m'a lancée contre le mur. Ma tête a heurté de plein fouet la pierre. Je me suis forcée à me relever, mordant ma lèvre.

Ces monstres ne vont pas faire de moi une victime. Pas encore.

J'en avais marre qu'on me traite ainsi. J'avais beau être sans défense, je n'allais pas me laisser faire.

J'ai fixé les trois ogresses qui s'affairaient dans la

pièce. L'une d'elles a hissé une énorme marmite sur la cuisinière et a allumé le feu. J'ai observé les comptoirs. Mes yeux se sont posés sur un tiroir qu'une des ogresses venait d'ouvrir – rempli à ras bord de couteaux de cuisine.

L'adrénaline pulsant dans mes veines, j'ai vu rouge. Je me suis précipitée sur le tiroir et me suis emparée d'un couteau. Puis j'ai bondi sur l'ogresse la plus proche de moi et je lui ai enfoncé la lame dans la poitrine.

Je m'attendais à avoir du mal à percer sa peau coriace, mais non. Poignarder un humain aurait sans doute été aussi facile. Je me suis dit que le couteau devait être particulièrement affûté. D'une façon ou d'une autre, il avait bien atteint sa cible. L'ogresse a écarquillé les yeux et a émis un cri étouffé avant de cracher du sang.

J'ai reculé en retirant le couteau. Elle a serré sa plaie en s'écrasant au sol et le sang s'est mis à jaillir par saccades.

Je me suis tournée vers les deux autres ogresses. Elles n'étaient pas armées – du moins, pas encore. J'ai bondi sur la première, enfonçant le couteau dans son ventre. Elle m'a agrippé le cou, mais j'avais été plus rapide qu'elle. J'avais sans doute percé un de ses organes, car une sorte de gargouillis est parvenu de son ventre. Du sang s'est écoulé de la plaie, trempant mes mains déjà mouillées. Sa poigne s'est desserrée autour de mon cou et elle a reculé en titubant.

Je ne comprenais pas pourquoi je les avais abattues si facilement. Sans doute étaient-elles habituées à des humains dociles. Elles semblaient en état de choc – ce qui m'a permis d'attaquer la troisième. J'ai planté le couteau au même endroit que l'autre, juste au-dessus de l'abdomen. Je l'ai poignardée deux fois pour m'assurer de la tuer. Elle a reculé à son tour, cognant sa tête contre le mur de pierre avant de glisser au sol.

Les trois monstres gisaient maintenant par terre.

Je m'attendais à me sentir coupable d'avoir pris trois vies. Mais je ne ressentais rien. J'ai réalisé que j'avais vécu tellement de péripéties que j'étais devenue insensible. J'en avais marre d'être une simple humaine, à la merci des êtres surnaturels. En fixant les trois cadavres, je n'éprouvais rien d'autre qu'un sentiment de triomphe, voire de satisfaction. Quelque chose en moi avait changé, et j'avais l'impression que rien ne serait plus jamais comme avant.

La poignée a vibré, puis la porte s'est ouverte en

grinçant. J'ai reculé en brandissant mon couteau devant moi. Bella est apparue dans l'embrasure. Elle avait dû entendre le vacarme. Sa mâchoire s'est décrochée lorsqu'elle a vu la scène.

– Madame Rose ! s'est-elle exclamée en entrant dans la pièce, verrouillant la porte derrière elle. Qu'as-tu fait ?

– À ton avis ?

– Tu les as tuées ! a-t-elle frémi en fixant les cadavres. Oh, non, non, non ! Tu as fait une très vilaine chose, madame Rose. Une très vilaine chose. Si le maître le découvre…

Sa voix s'est estompée lorsqu'elle s'est approchée d'une ogresse, qu'elle a traînée jusqu'au centre de la pièce. Puis elle a fait la même chose avec les deux autres. Les mains tremblantes, elle s'est dirigée vers une armoire dans un coin et en a sorti une machette. Elle est retournée vers les cadavres, s'est agenouillée à côté d'eux et, à ma grande surprise, s'est mise à les découper en morceaux.

« Nous devons les cacher. Si le maître apprend que tu as fait ça, nous aurons de gros ennuis, toutes les deux. »

J'ignorais ce que Bella comptait faire avec ces

énormes morceaux de chair, mais je me suis approchée, couteau à la main, et je l'ai aidée du mieux que j'ai pu. Nous avons besogné pendant au moins une heure avant que les trois ogresses soient hachées en morceaux assez petits. Assez petits pour Bella. Quand nous avons fini, nous étions toutes les deux maculées de sang.

L'ogresse a marché vers un coin de la pièce et a soulevé le couvercle d'un contenant. J'ai réalisé qu'il ne s'agissait pas d'un contenant, mais d'une chute à déchets. Elle est retournée vers les cubes de chair et en a rempli une marmite, qu'elle a traînée jusqu'à la chute, vidant le contenu dedans. Elle a répété le processus jusqu'à ce que tous les morceaux aient disparu, ne laissant plus qu'une mare de sang par terre. Puis elle a sorti des serpillières de sous l'évier et a épongé le sang, rinçant les serpillières de temps en temps jusqu'à ce que le plancher soit propre. Enfin, elle a nettoyé la marmite et les couteaux, les a essuyés, puis les a remis à leur place.

Quand elle a eu terminé, elle m'a dévisagée. J'ai pointé la chute.

– Ne va-t-on pas remarquer ces morceaux de chair parmi les déchets ?

Elle a secoué la tête.

– Ils sont tombés dans le tas de compost au pied de la montagne. Quelqu'un y va une fois par an pour s'assurer que tout est en ordre. Ils se seront décomposés d'ici là.

Elle m'a agrippé le bras et m'a entraînée jusqu'à l'évier. Elle a lavé ses mains et son visage, puis m'a poussée contre le comptoir.

« Tu dois te laver. »

J'ai lavé le sang sur ma peau du mieux que j'ai pu, mais je ne pouvais pas faire grand-chose pour mes vêtements souillés. L'ogresse a soupiré d'agacement. Nous étions encore couvertes de sang. Il nous fallait prendre une douche. Apercevant le trousseau attaché à ma taille, elle s'en est emparé, puis elle m'a attrapé la main et m'a traînée jusqu'à la porte. Elle l'a entrouverte, jetant un coup d'œil dans le couloir.

Elle est partie à la course tellement soudainement que j'ai failli perdre l'équilibre.

« Dépêche-toi, a-t-elle sifflé. Il faut retourner à la chambre avant qu'on nous voie. »

J'ai grimpé sur son dos pour aller plus vite. Heureusement, nous avons regagné la chambre sans croiser âme qui vive. Nous nous sommes dépêchées d'entrer et Bella a verrouillé la porte derrière nous. Je me suis immédiatement dirigée vers la salle de bain. Elle était immense – assez grande pour contenir au moins quatre ogres adultes. La douche était également assez haute pour accueillir un ogre. Je me suis déshabillée et je suis entrée dans la baignoire, tirant le rideau autour de moi. Je me suis savonnée, nettoyant bien mes cheveux et mon cuir chevelu. Après avoir fini, j'ai ouvert le rideau et attrapé une serviette. Je me suis enveloppée dedans et je suis sortie. Mes habits ensanglantés avaient disparu. Bella m'attendait, assise sur une chaise, portant toujours ses propres vêtements maculés de sang.

– À ton tour de te doucher, ai-je dit d'un air sérieux.

Elle a acquiescé et marché jusqu'à la baignoire. Je l'ai laissée seule, partant à la recherche de vêtements propres. Je ne savais pas ce qu'elle avait fait de mes habits souillés, mais j'espérais qu'elle s'en soit débarrassée.

J'ai marché jusqu'à l'armoire et je l'ai ouverte. Ne trouvant rien de confortable, comme un pantalon et un pull, j'ai dû me contenter d'une robe de soie. C'était le vêtement le plus ample que j'aie pu trouver.

Je l'ai enfilée et j'ai marché jusqu'au lit, m'affalant dessus et fixant le mur.

Maintenant que mon adrénaline était retombée, j'ai pris conscience de la douleur dans mes muscles. J'avais mal au poignet – il était sans doute foulé. J'ai posé la tête sur mon oreiller et j'ai fermé les yeux, respirant profondément en écoutant le son de la douche dans la pièce voisine.

La porte de la salle de bain s'est ouverte après cinq minutes et Bella est sortie, vêtue d'une tunique blanche toute propre. Elle avait le trousseau de clés dans les mains, qu'elle a glissé dans son soutien-gorge. Elle m'a regardée d'un air fâché, pointant un doigt accusateur vers moi.

– Tu ne devrais pas voler, madame Rose. Je t'ai déjà dit ce qui était arrivé à ma fille. Tu vas t'attirer des ennuis. Tu ne connais pas cet endroit.

Contre toute attente, elle s'est dirigée vers moi.

« Tu voulais faire une promenade ? Alors viens, je t'emmène faire une courte promenade. »

Je n'avais plus vraiment envie de faire une promenade. Mes membres étaient endoloris et j'avais l'impression qu'il me faudrait quelques heures de sommeil avant de m'aventurer dans le château à nouveau. Mais il n'était pas sage d'attendre. Qui sait, Bella pourrait changer d'avis. D'ailleurs, j'étais curieuse de voir où elle m'emmènerait. J'ai hoché la tête et je me suis levée.

« C'est mieux de sortir pendant la nuit, quand il y a moins de gens dans les parages, parce que comme je l'ai déjà dit, le maître ne voudrait pas que je t'emmène faire une promenade. »

Elle a déverrouillé la porte et m'a entraînée à l'extérieur.

Plutôt que de me conduire jusqu'au bout du couloir, elle s'est arrêtée devant une porte à notre gauche. Nous sommes arrivées dans une petite pièce sombre avec un escalier en colimaçon qui montait et descendait aux étages suivants. Nous avons descendu cinq étages, nous arrêtant dans une autre petite pièce sombre. Elle a marché vers une porte, qu'elle a ouverte. Nous avons débouché dans une gigantesque salle. Les murs étaient hauts d'au moins trente mètres avec des rideaux de velours pendant jusqu'au plancher de marbre. Au centre se trouvait une longue table entourée d'une cinquantaine de chaises à haut dossier ainsi que deux fauteuils particulièrement opulents à chaque extrémité. L'un était en argent et l'autre en or.

Le reste de la pièce était vide, hormis les décorations aux murs. On aurait dit une salle sortie tout droit d'un conte de fées.

« La cour royale, » a marmonné Bella.

C'était certainement l'adjectif que j'aurais utilisé pour décrire l'endroit.

J'aurais pu rester là à l'admirer pendant une heure, mais Bella m'a tirée par le bras et nous avons continué notre chemin. Le prochain couloir était plus large que les précédents. Des rideaux rouges tapissaient également les murs. Bella s'est arrêtée devant une grande porte en chêne. Elle l'a poussée, révélant une cuisine.

« C'est ici que tous les repas de la royauté sont préparés. »

Elle m'a entraînée dans la pièce. J'ai vu des ustensiles pointus, des couteaux de boucher, divers instruments semblant spécialement conçus pour hacher la viande, d'énormes casseroles, encore plus larges que celles que j'avais vues dans l'autre cuisine.

– Alors les ogres… mangent les humains.

Bella s'est mordu la lèvre, hochant la tête.

« Et je dois engraisser parce que je vais être mangée aussi ? ai-je continué.

J'aurais juré voir des larmes briller dans ses yeux. Elle a baissé la tête et opiné.

« C'est pourquoi on t'a dit de me nourrir autant. Et cet endroit est le royaume des ogres. »

Je me suis rappelé les livres que j'avais vus dans l'autre cuisine. Les ogres semblaient être experts en boucherie humaine, tout comme les humains l'étaient en boucherie animale, me suis-je dit. Ici, les humains étaient comme des animaux.

Bella m'a attrapée par la main et m'a conduite en dehors de la cuisine. J'étais étourdie.

« Bella, tu dois m'aider à m'enfuir d'ici, » ai-je dit en m'arrêtant, tirant sur elle pour qu'elle s'arrête à son tour.

Elle m'a regardée tristement.

– Je ne peux pas faire ça, madame Rose.

– Pourquoi ? Tu viens de m'aider à me débarrasser de trois cadavres. Pourquoi ne peux-tu pas me laisser partir ?

– C'est impossible. On se ferait prendre avant d'atteindre la porte.

Nous avons continué à marcher et j'ai mémorisé chaque détail. Chaque couloir, chaque porte, cherchant un moyen de m'évader. Dix minutes se sont écoulées avant que nous nous arrêtions devant une autre porte.

« Après cette pièce, on retourne à la chambre, d'accord ? »

J'ai hoché la tête, ma bouche s'asséchant.

Elle a sorti son trousseau et déverrouillé la porte. Je suis entrée. Il y avait un grand lit dans un coin de la pièce avec un matelas si mince qu'on aurait dit du papier, ainsi que deux oreillers sales et une courtepointe. Le sol était en pierre et il n'y avait pas de fenêtres. La seule source de lumière provenait de quelques lanternes accrochées au mur.

J'ai regardé Bella, levant un sourcil.

– C'est ta chambre ?

Elle a hoché la tête.

– Et celle de mon mari.

– Tu t'es remariée ?

Elle a secoué la tête violemment, me dévisageant comme si j'étais folle. Puis elle m'a conduite jusqu'au lit et a pointé vers le haut.

J'ai eu envie de hurler et vomir à la fois. J'ai frémi, couvrant ma bouche d'une main. Éployé et attaché aux quatre colonnes de son lit à baldaquin se trouvait le cadavre d'un ogre.

– Mon mari, a maugréé Bella.

– Qu'est-ce que….

Je n'ai pas pu m'empêcher de jurer.

Le corps était blafard, ses yeux écarquillés fixaient droit devant. Il était complètement nu, à l'exception d'un pagne attaché à sa taille. Je n'avais jamais rien vu d'aussi immonde, mais à mon grand étonnement, le cadavre ne dégageait aucune odeur. Il avait sans doute subi un traitement de conservation pour ne pas pourrir.

– C'est ce que les veuves font ici, a dit Bella en haussant les épaules, les yeux levés vers le monstre qu'était son mari comme si c'était la chose la plus normale du monde. Nos maris restent avec nous après leur mort.

J'ai expiré par la bouche, baissant la tête. J'allais devoir me poncer les yeux avec du papier de verre. Je n'oublierais sans doute jamais cette vision horrible.

– Tu veux dire que tu dors sous son cadavre toutes les nuits ?

Elle a hoché la tête, semblant surprise de ma réaction.

– Bien sûr.

– Pendant combien de temps ?

Elle a froncé les sourcils.

– Que veux-tu dire ? C'est pour toujours.

– Mon Dieu ! Et tu ne l'aimais même pas. Il était horrible. Ne peux-tu pas le décrocher ?

Encore une fois, elle m'a regardée comme si j'étais folle de suggérer une telle chose.

– C'est mon mari. Je ne peux pas le décrocher. C'est la loi.

J'ai marché jusqu'à la porte, appuyant un bras dessus, me retenant toujours de vomir. Quand je me suis retournée, Bella était encore dans la même position, les yeux levés vers le cadavre de son mari. Une pensée occupait mon esprit :

On doit foutre le camp d'ici, Bella. Tu n'es pas faite pour ce royaume.

Chapitre 9 : Rose

Le lendemain matin, une odeur de cuisson m'a réveillée. Je me suis frotté les yeux en marchant vers la cuisine, où Bella remuait le contenu d'un chaudron. Encore du ragoût, sans doute. Je me suis plantée à côté d'elle, la fusillant du regard. Elle a tourné la tête vers moi.

– Tu m'as dit que je te rappelais ta fille… en moins belle. Tu ne voudrais pas que je meure, n'est-ce pas ?

Elle s'est retournée, l'embarras déformant son visage. Elle a secoué son énorme tête.

« Alors pourquoi tu m'engraisses ? Pourquoi ne

m'aides-tu pas à m'enfuir ? »

Elle a poussé un soupir.

– Je te l'ai dit, madame Rose. Je ne peux rien faire pour toi. Mon travail, c'est seulement de m'occuper de toi, te nourrir et te protéger jusqu'à ce que le maître soit prêt à t'accueillir dans ses quartiers.

M'accueillir dans ses quartiers. Je n'étais pas au courant. Bien que je ne permette pas de m'apitoyer sur mon sort, l'idée m'a donné des frissons dans le dos.

« Oh, a-t-elle grogné. J'en ai trop dit. Promets-moi de ne pas lui dire que je te l'ai dit. »

– Je ne lui dirai pas. Mais te rends-tu compte que tu es complice de mon meurtre ? Parce que je doute que le maître veuille me manger si j'étais mince. Tu me prépares pour lui.

Elle a baissé les yeux vers le ragoût, prenant un air sérieux.

– Je fais mon travail, c'est tout. Je n'ai pas le choix.

Énervée, j'ai soulevé une casserole et je l'ai frappée contre le comptoir de la cuisine. Sans doute avait-elle raison en disant qu'il n'y avait aucun moyen de sortir d'ici sans qu'on nous surprenne, mais ce n'était pas la réponse que je voulais entendre.

« Désolée, » a-t-elle chuchoté.

J'ai couru jusqu'à la chambre et je me suis arrêtée devant la fenêtre, regardant à nouveau le paysage morne – les montagnes pointues, le ciel nuageux.

– Alors quel est le plan ? Dans combien de temps ton maître viendra-t-il me chercher ?

L'ogresse a hésité, aussi j'ai ajouté :

« Dis-le-moi. J'ai déjà promis que je ne lui dirai rien de ce que tu m'as dit. »

Elle semblait encore méfiante, mais elle devait se dire que me parler était la moindre des choses qu'elle puisse faire pour moi.

– Il m'a donné trois jours pour te rendre un peu plus dodue, et il viendra voir ton progrès le troisième soir.

– Et si je refuse de manger ?

Elle m'a regardée tristement.

– Il viendra quand même. Si tu mets trop de temps à engraisser, il pourrait décider de t'emmener dans ses quartiers et te nourrir de force. Tu ferais mieux de passer tes derniers jours avec moi, madame Rose, a-t-elle dit, frissonnant. Crois-moi, tu veux passer le moins de temps possible avec le maître.

Mes derniers jours. Je détestais le ton résigné de sa

voix, comme si elle n'avait pas la moindre lueur d'espoir que je survive. Elle m'a servi un bol de ragoût et elle est sortie de la cuisine, le déposant sur la coiffeuse.

« Mange, » a-t-elle dit.

Je ne vais surtout pas engraisser pour ce monstre. Je préfère mourir de faim.

J'ai secoué la tête.

– Si Anselm veut que je mange, tu peux lui dire qu'il devra me nourrir lui-même.

Elle m'a regardée d'un air réticent. J'ai marché jusqu'à elle et j'ai agrippé sa tunique, la regardant droit dans les yeux.

« Allez. Dis-lui que je l'attends ici. »

Elle a secoué la tête.

– Non, madame Rose…

– Vas-y.

Elle m'a dévisagée, incrédule, mais elle a fini par obéir. Elle a ôté son tablier et l'a accroché au mur, puis elle a éteint le feu de la cuisinière.

Je ne l'ai pas quittée des yeux jusqu'à ce qu'elle soit partie. Après qu'elle ait verrouillé la porte, je suis retournée à la cuisine. J'ai sorti d'un tiroir les deux couteaux les plus tranchants que j'ai trouvés et, après les avoir replacés dans leur gaine, j'ai soulevé ma robe et je les ai attachés à mes cuisses avec deux foulards de soie que j'avais trouvés dans la penderie. Puis je me suis assise sur le lit et j'ai fixé la porte.

Il était temps de prendre mon destin en main. Même si je devais inviter la mort à ma porte.

Chapitre 10 : Rose

J'ai été à la fois soulagée et terrifiée lorsque la porte s'est ouverte environ une heure plus tard. J'ai retenu mon souffle quand Anselm est entré dans la pièce après Bella.

Il portait un long manteau noir et ses cheveux étaient lissés vers l'arrière. Son visage rasé de près révélait une mâchoire carrée et sa peau brune dégageait une légère odeur musquée. Si je ne l'avais pas autant détesté, je l'aurais presque trouvé beau.

Ses yeux orange se sont posés sur moi.

– Arabella m'a dit que tu voulais me voir.

Je me suis levée lorsqu'il s'est avancé, s'arrêtant à

trente centimètres de moi. J'ai approché ma main des couteaux sous ma robe. J'ai bronché lorsqu'il a passé les bras autour de ma taille et posé un baiser sur mon cou. J'ai dû me faire violence pour ne pas lui cracher au visage lorsqu'il a reculé. Je devais être prudente. Si je voulais me venger de ce monstre, j'allais devoir prendre mon temps.

– Oui, ai-je dit, tentant de parler d'une voix ferme.

Ses yeux ont parcouru mon corps. Il s'est tourné vers Bella.

– Combien de repas par jour mange-t-elle ?

– Trois, a-t-elle menti.

– Donne-lui en quatre, et donne-lui plus de gras, a-t-il dit avant de se tourner vers moi à nouveau. Tu es privilégiée, jeune fille. Tous les humains qui séjournent ici ne reçoivent pas ce traitement.

Je me suis forcée à sourire.

– C'est très appréciable, ai-je dit, soutenant son regard. Mais j'espérais te persuader que je te serais plus utile vivante que morte dans ton assiette.

Il a penché la tête d'un côté. J'ai jeté un coup d'œil vers Bella et pointé la porte du menton.

– Sors, lui ai-je ordonné.

Elle m'a regardée comme si j'avais perdu la tête. Elle est restée immobile, attendant la réaction d'Anselm. Quand il a hoché la tête, elle est sortie.

La curiosité brillait dans les yeux de l'ogre. J'ai replacé ses mains sur ma taille.

« Tu as dit que j'étais une princesse, n'est-ce pas ? »

Un sourire narquois a retroussé ses lèvres.

– En effet.

– Et tu es un prince.

Il a hoché la tête.

– Alors, ai-je susurré à son oreille, ne serait-il pas logique de rester ensemble ?

Il m'a poussée contre le lit.

– Je doute que tu puisses m'offrir quelque chose qui vaille la peine de renoncer à ta chair.

J'ai frissonné lorsqu'il s'est penché sur moi, ses yeux transperçant les miens. Il a baissé la tête et appuyé le front sur mon cou, humant mon odeur à pleins poumons.

Son corps était presque collé au mien. Le plus discrètement possible, j'ai levé un genou pour qu'il ne s'approche pas davantage et j'ai descendu une main vers ma cuisse droite. De l'autre main, je l'ai agrippé par le collet, le tirant vers moi.

– Peut-être que tu me sous-estimes, ai-je dit doucement.

– Je sous-estime rarement les gens.

– Ah bon ?

J'ai soulevé ma robe et sorti le couteau de sa gaine avant de l'enfoncer en lui. Anselm s'est étouffé, les yeux écarquillés de stupéfaction. J'ai profité de son choc momentané pour attraper les clés de sa ceinture, le repousser et foncer vers la porte.

Quand j'ai jeté un coup d'œil derrière mon épaule, j'ai juré. Je croyais avoir planté le couteau dans son ventre, mais comme il était plaqué sur moi, j'avais raté ma cible. J'avais enfoncé le couteau près de sa hanche. Une blessure non fatale, visiblement, car il s'avançait en titubant vers moi, les yeux brûlants de rage. Je n'ai pas osé approcher au cas où il m'enlève le couteau des mains.

Il a éclaté de rire lorsque j'ai tâtonné les clés. J'ai réussi à déverrouiller la porte et je suis partie à la course dans le couloir.

– Alors tu veux jouer, princesse ? a-t-il crié d'une voix rauque en me suivant. Je veux bien jouer avec toi.

Mon cœur battait la chamade quand j'ai atteint le bout du couloir, glissant sur le plancher en tournant le coin. J'ai sorti l'autre couteau de sous ma robe et j'ai serré les deux manches à l'envers, lames à plat contre les poignets. Puis j'ai aperçu deux ogres au loin.

Anselm faisait presque deux fois ma taille et ses jambes étaient terriblement puissantes, même après la blessure que je lui avais infligée. Je n'ai pas osé me retourner, mais d'après le bruit de ses pas, il n'était plus qu'à quelques mètres de moi. En nous voyant, les deux ogres se sont arrêtés net, bloquant le passage.

Ils avaient dû penser que je ralentirais. Mais non. J'ai accéléré. Sortant les deux couteaux à la dernière seconde, je les ai plantés dans leurs ventres avant même qu'ils puissent comprendre ce qui leur arrivait. Le sang a jailli, tachant mes mains et mes bras. J'ai retiré les lames et les deux ogres se sont recroquevillés par terre, cédant le passage au moment où Anselm a agrippé la bretelle de ma robe. Je lui ai donné un grand coup de couteau, le manquant de peu lorsqu'il a retiré sa main.

Je ne savais pas si je rencontrerais d'autres ogres. Quelqu'un finirait bien par m'attraper. Je ne pouvais pas continuer à courir éternellement. Et les couteaux ne me seraient d'aucune utilité contre Anselm, maintenant qu'il connaissait ma ruse. Il était trop fort. S'il me rattrapait, il me dominerait, même avec mes armes.

Je pensais pouvoir faire durer la chasse un peu plus longtemps, mais en tournant le coin suivant, j'ai débouché sur un cul-de-sac. J'ai pivoté, essayant d'en sortir avant qu'Anselm ne me rattrape, mais je n'ai pas été assez rapide. Les mains sur les murs, il s'est avancé, claudiquant et haletant. Du sang sombre s'écoulait de sa plaie, laissant une trace au sol.

J'ai essayé d'ouvrir les portes autour de moi, mais elles étaient verrouillées. J'ai reculé, m'adossant à la fenêtre au bout du couloir, déglutissant en brandissant les deux couteaux.

Je me suis braquée lorsqu'il est arrivé à un mètre de moi. Je ne croyais pas pouvoir gagner ce combat, mais je devais au moins essayer. J'ai retenu mon souffle, m'attendant à ce qu'il fonce sur moi et tente de m'arracher les couteaux des mains. Mais non. Il s'est arrêté net en regardant derrière mon épaule, par la fenêtre. Il a ouvert la bouche et écarquillé les yeux. À mon grand étonnement, il a reculé.

Que se passe-t-il ?

Je n'ai pas eu le temps de me retourner pour voir ce qui l'avait distrait ainsi, car un bruit sourd a retenti au loin, provenant des montagnes. Le sol a tremblé, puis la fenêtre s'est fracassée. Je me suis accroupie par terre en couvrant ma tête, tentant de me protéger de la pluie d'éclats de verre. Plusieurs fragments ont percé le mince tissu de ma robe, s'enfonçant douloureusement dans mon dos.

Un rugissement assourdissant a résonné derrière moi – bruit que je n'avais jamais entendu de ma vie. Il a pénétré mes tympans et vibré jusque dans mon cerveau.

– Les dragons ! a beuglé Anselm en se tournant. Ils attaquent le château !

Des dragons ?

Avant que je puisse lever la tête pour voir ce qui avait fait ce vacarme, une chaleur m'a enveloppée. Je me suis tapie dans un coin lorsqu'un jet de feu a jailli par la fenêtre. À travers les flammes, j'ai aperçu Anselm qui avait pris ses jambes à son cou et disparaissait à l'autre bout du couloir. J'ai plaqué une main sur ma bouche pour étouffer un cri. Je me suis blottie davantage dans le coin, me faisant toute petite. Des écailles d'un brun rougeâtre sont apparues devant moi.

J'ai observé la créature gigantesque de la tête aux pieds. Elle avait le dos tourné, aussi je ne voyais pas son visage, mais son corps était assez menaçant pour me faire trembler comme une feuille. La bête faisait environ cinq fois la taille d'un ogre. Des ailes lisses, semblables à celles de chauves-souris, émergeaient de son dos. Ses jambes étaient épaisses comme des troncs d'arbre et chaque pied comportait quatre griffes acérées. Sa longue queue était pointue, presque comme un dard de raie manta.

Comme j'étais tapie dans l'ombre, la bête ne m'avait pas encore remarquée. J'ai sursauté lorsqu'elle a rugi à nouveau, son corps entier haletant, avant de cracher un long jet de feu dans le couloir. Elle s'est rapidement dirigée vers la sortie, tournant le coin et disparaissant.

Tremblant de tous mes membres, je me suis levée, mais j'ai immédiatement été projetée au sol par une deuxième secousse qui a fait vibrer le château. Une fois de plus, j'ai entendu le fracas du verre, probablement dans un couloir voisin. Agrippant le rebord de la fenêtre brisée, je me suis relevée et j'ai regardé dehors.

Sous les nuages gris se trouvait une nuée de dragons, leurs ailes lourdes battant l'air alors qu'ils volaient directement vers le château. Je voyais bien leurs têtes oblongues et écailleuses, dotées d'yeux jaunes perçants. J'ai regardé tout autour de moi. Plusieurs créatures avaient déjà atteint le bâtiment et défonçaient les fenêtres.

– Oh, mon Dieu… ai-je soufflé en reculant, puis en partant à la course.

J'avais l'esprit dans le brouillard. *Des dragons ? Des ogres ? Que diable m'arrive-t-il ?*

J'ai même pensé, alors que je filais dans le couloir, me penchant pour éviter les éclats de verre d'une fenêtre qui venait d'exploser, que je rêvais peut-être. Si c'était le cas, j'étais coincée dans ce cauchemar depuis très longtemps. Et je n'arrivais pas à me réveiller.

Un ogre est apparu devant moi. Il semblait sur le point de me sauter dessus, mais en voyant un dragon entrer par la fenêtre brisée derrière moi, il s'est mis à courir à son tour. Je me suis précipitée dans un escalier à temps pour éviter le jet de feu jaillissant de la gueule de la bête.

Arrivée à l'étage du bas, j'ai regardé autour de moi. Je m'attendais à y trouver d'autres couloirs labyrinthiques bordés de portes, mais je me suis retrouvée dans une grande salle ouverte. Des ogres couraient d'un bout à l'autre de la pièce, revêtant des armures et brandissant des armes en se dirigeant vers les fenêtres. C'était le chaos total.

J'ai tressauté lorsqu'une main lourde m'a serré l'épaule. J'allais brandir mon couteau et donner un coup derrière moi, mais j'ai réalisé juste à temps que c'était Bella. Elle me fixait, les yeux remplis de terreur.

– Nous devons nous cacher ! a-t-elle sifflé.

Elle m'a saisie par la taille et s'est faufilée parmi la foule d'ogres qui se préparaient pour la bataille. Elle portait un long manteau noir, qu'elle a enveloppé autour de moi, me dérobant à la vue des autres. Je me suis cramponnée à elle du mieux que j'ai pu. Elle était tellement grande et costaude, j'avais l'impression que si elle tombait, elle me réduirait en bouillie. J'espérais que ça n'arrive pas.

– Que se passe-t-il ? ai-je frémi.

Je ne voyais pas où elle m'emmenait, car le manteau couvrait mes yeux, mais je ne voulais pas le dégager de peur de perdre prise.

– Ils viennent parfois, les dragons. Ceux d'Erisard. Pour nous piller… a-t-elle dit, haletante. Ils mangent les ogres.

Des cris et hurlements retentissaient dans les couloirs. Je commençais à transpirer sous le manteau de Bella, où la température augmentait de seconde en seconde.

– Des dragons, ai-je murmuré, n'en croyant toujours pas mes oreilles.

J'allais poser une autre question quand Bella a poussé un cri à glacer le sang. Si elle n'avait pas eu un bras autour de ma taille, je serais tombée, car elle… nous… étions soudain soulevées dans les airs.

J'ai entendu le verre se fracasser à nouveau. Secouant la tête pour dégager le manteau de mon visage, j'ai regardé en bas. Mon estomac a chaviré. Nous venions de défoncer une fenêtre et planions maintenant dans le ciel, en direction des sommets pointus. De longues ailes cuivrées battaient de chaque côté de nous alors que nous montions de plus en plus haut. Des griffes serraient Bella par les épaules et, à côté de nous, dans la patte droite du dragon, était accroché un autre ogre.

Plusieurs autres dragons nous entouraient, transportant tous des ogres, retenus entre leurs griffes comme des rats dans des serres de faucons. J'ai étiré le cou pour voir le visage du dragon qui nous transportait, luisant et écailleux, maculé de sang. De près, ces créatures étaient encore plus terrifiantes. Et leur cuir dégageait une odeur amère et musquée.

« Où nous emmènent-ils ? » ai-je chuchoté.

Bella a grogné, grimaçant.

– Dans un très mauvais endroit, madame Rose.

Chapitre 11 : Mona

Debout devant les portes du palais céleste de l'Intemporelle, la mer de visages familiers qui m'accueillaient chez moi aurait dû être comme un rêve devenu réalité.

Mais non.

J'avais plutôt l'impression d'être dans un cauchemar.

Et lorsque l'Intemporelle en personne, Thalia Adrius, a descendu l'escalier vers moi dans toute sa splendeur éthérée, je n'ai même pas pu me forcer à sourire. Le deuil me serrait le cœur comme un fil barbelé. J'avais du mal à respirer.

Elle a pris ma main moite et m'a emmenée à mes quartiers. Dans mon autre main, je serrais le seul bien que j'avais emporté avec moi : l'écrin de ma mère.

Je ne remarquais même pas l'élégance du palais alors que Thalia, Brisalia et leur sœur, Hermia, m'entraînaient d'une salle à l'autre. Je voulais être seule. Heureusement, elles ont été compréhensives.

À mon arrivée au Sanctuaire, j'avais demandé à la première sorcière que j'avais croisée de me conduire à Brisalia. En la voyant, je lui ai brièvement expliqué pourquoi j'étais là, et elle n'a pas insisté pour connaître plus de détails. Je n'étais pas prête à parler.

Brisalia m'a immédiatement emmenée au palais de la cité, où j'allais demeurer. Au dernier étage du château, nous nous sommes arrêtées devant une porte en bois de rose. Elle l'a poussée et les trois sœurs m'ont fait signe d'entrer dans l'appartement somptueux. Les cadres des fenêtres étaient incrustés de pierres précieuses et le lit était plaqué or. Chaque recoin de la pièce suintait l'extravagance.

Mais comme pour le reste du palais, ça m'était égal.

– Nous allons te laisser seule, maintenant, a dit

Brisalia. Si tu as besoin de quoi que ce soit, il y a une bonne dans les quartiers des domestiques, a-t-elle ajouté en pointant un couloir à ma gauche.

J'ai hoché la tête et je les ai regardées sortir, puis refermer la porte derrière elles.

J'ai marché jusqu'à la coiffeuse et, ouvrant la paume, j'ai regardé l'écrin. Des larmes ont menacé de jaillir de mes yeux à nouveau. Levant la boîte jusqu'à mes lèvres et posant un baiser sur le couvercle orné de joyaux, je l'ai placée sur la table, juste devant le miroir.

Puis j'ai contemplé ma propre réflexion. Je faisais une de ces têtes. Mes paupières étaient bouffies, mon teint horriblement blême.

J'ai fermé les yeux, grimaçant en me remémorant Kiev et Sofia qui s'embrassaient au port.

J'ai baissé la tête. Maintenant que j'étais seule, je ne pouvais plus contenir les larmes. Elles ont coulé à flots de mes yeux alors que la question que je m'étais posée des milliers de fois dans les dernières heures tournait en boucle dans mon esprit.

Pourquoi Kiev ferait-il une chose pareille ?

Chapitre 12 : Kiev

Le départ de Mona avait laissé un trou dans ma poitrine. Trou qui, je le savais, ne serait pas rempli avant qu'elle soit dans mes bras à nouveau.

Après que les flammes qui avaient détruit notre maison furent éteintes, je suis entré et j'ai erré d'une pièce à l'autre, espérant la trouver parmi les décombres. Je reconnaissais à peine l'endroit. Notre chambre avait subi les pires dégâts. Le lit s'était désintégré, comme la plupart de nos meubles. J'allais entrer dans la salle de bain lorsqu'une douce voix a parlé derrière moi.

– Kiev.

Je me suis retourné et j'ai aperçu Sofia dans l'embrasure. Elle me regardait d'un air inquiet.

« Patricia et les autres ont examiné les cadavres trouvés près de la caverne de Brett. »

J'ai fait un pas en avant.

– Et ?

– Le meurtrier a broyé les corps. Mais pas assez. Une des sorcières, Leyni, a remarqué que toutes les carcasses ont une chose en commun : leurs intestins ont disparu. Avec cette information, en plus des étranges visions que certains d'entre nous ont eues ces derniers temps, les sorcières ont conclu qu'un démon se serait infiltré sur l'île grâce aux deux sorcières blanches… et qui sait, il pourrait toujours être parmi nous.

– Un démon, ai-je marmonné en passant une main dans mes cheveux.

Je ne connaissais pas grand-chose de ces créatures, et je ne me rappelais même pas en avoir rencontré durant mes siècles d'existence, mais j'avais entendu des rumeurs.

« Comment Mona a-t-elle pu ne pas voir qu'elle était influencée par un démon ? »

– Apparemment, quand une personne tombe sous

l'influence d'un démon, il lui est très difficile de voir autre chose que ce que le démon veut qu'elle voie.

– Alors ces maudites sorcières… elles ont fait entrer un démon sur l'île pour inciter Mona à retourner au Sanctuaire ?

Sofia a opiné.

– Elle doit y être. Sinon, j'ignore où elle aurait pu aller. Les vampires et les loups-garous la cherchent partout. Elle n'est nulle part sur l'île.

J'ai juré, frappant dans le mur. Puis, sans perdre une seconde, j'ai quitté la pièce en trombe, dévalé l'escalier et je suis sorti de la maison. Sofia à mes trousses, nous avons filé droit devant.

– Que fais-tu ? a-t-elle demandé en courant à mes côtés.

– À ton avis ? ai-je soufflé. Je dois aller chercher Mona.

Sofia m'a suivie jusqu'à la demeure de Corrine, où les sorcières examinaient les cadavres. J'ai couru d'une pièce à l'autre à leur recherche jusqu'à ce que je les trouve dans la salle centrale du temple, regroupées autour d'une grande table. Mon frère et ma sœur, Erik et Helina, ainsi que Matteo, Saira, Abby et Derek étaient également présents, en pleine conversation.

Ils ont tous levé la tête quand je suis entré.

« J'ai besoin qu'une sorcière m'accompagne au Sanctuaire pour m'aider à trouver Mona, ai-je dit. Qui se porte volontaire ? »

Ils ont échangé des regards en silence. Puis Patricia, la grande et mince sorcière au bout de la table, a levé la main.

– Je suis la plus apte de toutes. Je t'accompagne. Mais j'ai d'abord besoin de consulter le plan de Mona pour savoir quelle est la meilleure porte à emprunter.

– Nous en avons des photocopies à la maison, s'est exclamée Sofia. Je vais en chercher un.

Sur ce, elle a quitté la pièce en courant.

– Je viens aussi, a dit Erik en s'avançant.

Je l'ai regardé, réticent.

– À quoi vas-tu nous servir ? Tu es un vampire.

– Toi aussi, a-t-il rétorqué.

– Moins nous sommes, mieux c'est, ai-je dit. Je veux attirer le moins possible d'attention.

Comme si elle n'avait pas entendu mes paroles, ma sœur s'est avancée à son tour.

– Si Erik y va, je viens aussi.

Avant même que je puisse répondre, à ma surprise, Matteo l'a tirée vers lui.

– Non, Helina, a-t-il dit. Kiev a raison. Moins ils sont, mieux c'est.

J'aurais réfléchi davantage à l'affection que témoignait Matteo pour ma sœur, mais j'étais trop préoccupé par la situation.

Mes yeux se sont à nouveau posés sur Erik. Mon frère pouvait être têtu comme une mule lorsqu'il avait une idée en tête, et quelque chose me disait qu'il serait plus facile de le laisser m'accompagner que de m'obstiner.

J'ai soupiré d'agacement.

– D'accord. Erik et Patricia viendront avec moi. Personne d'autre, ai-je dit.

Les attrapant par la main, je les ai entraînés en dehors de la pièce avant que quiconque puisse prononcer un autre mot. Nous avons couru vers la sortie et j'ai entendu Derek crier derrière nous :

– Sois prudent, Novalic.

J'ai jeté un coup d'œil en arrière et aperçu sa silhouette à l'autre bout du couloir sombre. Grimaçant, je lui ai adressé un bref hochement de tête avant de repartir vers la sortie.

J'ignorais comment j'allais ramener Mona sur l'île – et j'étais sûr que Patricia et mon frère n'en avaient pas la moindre idée non plus. Mais cela n'avait pas d'importance. La perspective de retrouver Mona empêchait toute incertitude de s'immiscer dans mon esprit.

Quand nous sommes sortis dans la cour illuminée par le clair de lune, je me suis arrêté.

– Attendez ici que Sofia arrive avec le plan, ai-je dit. Je reviens dans une minute.

J'ai filé dans les bois jusqu'à la plage. Je n'ai pas ralenti avant d'avoir atteint ma demeure incendiée. Je suis entré et j'ai gravi les marches à toute vitesse, traversant la chambre pour entrer dans la salle de bain adjacente.

J'ai ouvert le tiroir calciné sous l'évier. La majorité de son contenu était détruit, mais en fouillant plus loin, mes doigts ont touché un étui en cuir. Je l'ai sorti et examiné, soulagé de voir qu'il était toujours intact. J'ai regardé la petite bosse sous l'étui pendant quelques secondes de plus avant de le glisser dans ma poche arrière de jean.

Puis je suis sorti de la maison et j'ai couru jusqu'au Sanctuaire. Je m'attendais à ne trouver que Patricia et Erik, mais une troisième personne était là : Abby. Patricia avait le plan de Mona entre les mains.

– Bon. Patricia, Erik, allons-y.

– Je viens aussi, a dit Abby.

J'ai froncé les sourcils.

– N'as-tu pas entendu ce que j'ai dit plus tôt ? ai-je grogné.

J'ai attrapé Patricia et Erik par les épaules et je me suis éloigné d'Abby. Mais elle nous a rattrapés et s'est plantée devant moi, nous bloquant le chemin.

– Je viens avec vous, a-t-elle répété, mains sur les hanches. J'en ai marre de rester ici à ne rien faire. Je veux aider.

– Nous n'avons pas besoin de quelqu'un d'autre. Tu ne feras que nous nuire…

– Allez, Kiev, a dit Erik en serrant mon épaule. Laisse Abby venir si elle veut. Une personne de plus ne nous fera pas de mal. Nous ne serons que quatre.

Trop impatient, j'ai cru plus sage d'accepter avant de mutiler quelqu'un.

– Patricia, ai-je dit. Conduis-nous au Sanctuaire.

Chapitre 13 : Sofia

Tellement préoccupés par le fait que Mona ait quitté l'île, nous laissant sans défense contre les sorcières noires, Derek et moi n'avons réalisé l'absence de Ben qu'après le départ de Kiev. La panique s'est emparée de nous. Nous avons d'abord cru qu'il s'était rendu dans le quartier des humains et qu'il causait des ravages là-bas. Mais une recherche infructueuse nous a assurés que non. Mon père nous a aidés à passer l'île au peigne fin pendant le reste de la journée, mais Ben n'était nulle part. Et personne ne semblait l'avoir vu.

Ce n'est que lorsque nous sommes rentrés à

l'appartement, tard dans la soirée, que nous avons remarqué la note sur le bureau de Derek et compris ce qui s'était passé. Je l'ai arrachée des mains de Derek, impatiente de la lire moi-même – comme s'il l'avait mal interprétée. Mais le message était clair : notre fils avait quitté l'Ombre.

Derek a agrippé les bords de son bureau, faisant grincer le bois épais. Je l'ai regardé, bouche bée. Je me demandais si Ben avait eu vent, d'une façon ou d'une autre, des soupçons qu'avaient certains humains sur sa responsabilité dans les meurtres.

– Il a dû prendre un sous-marin, ai-je murmuré en réalisant l'horreur de la situation. Comment va-t-il survivre ?

– Je ne sais pas ce qui lui est passé par la tête, a dit Derek.

J'ai relu la note en me concentrant sur les derniers mots :

« Ne partez pas à ma recherche. »

Bien sûr, ma première réaction a été de vouloir quitter l'île immédiatement et sillonner la planète à sa recherche. Je ferais n'importe quoi pour le retrouver.

– Nous devons aller le chercher, ai-je frémi.

Je me suis tournée vers mon mari. L'air stoïque, il a lentement secoué la tête.

– Quand Ben est parti, a-t-il dit d'une voix profonde, il était assez conscient pour nous laisser cette note. Il était assez conscient pour savoir ce qu'il faisait. Il a pris une décision.

Les paroles de Derek étaient la dernière chose que je voulais entendre, et pourtant je ne pouvais pas m'empêcher d'être d'accord avec lui. Je suis restée immobile, la bouche ouverte. Mon mari a serré mes mains.

« Notre fils n'est plus un enfant, Sofia. »

– Je sais, mais… il pourrait mourir, ai-je dit d'une voix tremblante.

Derek a froncé les sourcils, inspirant profondément. Je voyais qu'il lui était tout aussi difficile de prononcer ces mots qu'il m'était douloureux de les entendre.

– Te souviens-tu de ce que tu m'as dit juste avant que je le transforme ?

J'étais trop bouleversée pour m'en souvenir. Je ne pensais à rien d'autre que notre fils, à la dérive dans l'océan, mourant de faim. J'ai secoué la tête, détournant le regard. Derek a soulevé mon menton, me forçant à le regarder.

« Tu m'as dit que même le vampirisme ne pouvait enlever à quelqu'un la liberté de choix. »

Je n'ai pas répondu. Il m'a serrée contre lui, appuyant une main derrière ma tête en chuchotant à mon oreille : « En tant que prince de l'Ombre, Benjamin a choisi de courir ce risque pour protéger son peuple. C'est un choix qu'on ne devrait pas lui enlever. »

J'ai serré la taille de Derek. Ses mots m'avaient déchirée. Comment pouvais-je être en désaccord avec lui alors que depuis notre toute première rencontre, je prêchais la liberté de choix ?

Il a penché la tête vers moi et m'a embrassée lentement et tendrement. Je n'ai jamais aimé mon mari autant que lorsqu'il a caressé mes joues et chuchoté : « Nous devons avoir confiance en nos jumeaux. Souviens-toi, ce sont des Novak… ils survivront. »

Chapitre 14 : Rhys

Je n'avais pas réussi à m'emparer de la fille Novak et le poids de mon échec pesait lourd sur mes épaules.

Si mes sœurs n'avaient pas été alertées du fait que j'étais en danger par l'éclat de leurs bagues, j'aurais sans doute péri dans ce navire, parmi les animaux de cirque qui couraient en tous sens.

Malgré la douleur qui me brûlait les paumes, j'avais réussi à grimper sur un conteneur, à l'abri de la ruée d'animaux, où je ne me ferais pas piétiner. C'est là que j'avais frotté la bague de cuivre à mon index, jusqu'à ce qu'elle brille d'une lueur orangée. Puis j'avais attendu. Mes sœurs, Julisse et Arielle, étaient apparues à mes côtés quelques heures plus tard et m'avaient ramené sur l'île anciennement dirigée par Caleb Achille – maintenant temporairement dirigée par ma tante, Isolde.

Après que mes sœurs m'aient ramené au château, elles avaient immédiatement quitté l'île pour finir la tâche qu'elles aussi avaient échouée. Puis, lorsqu'elles étaient rentrées bredouilles de la chasse à la Rose, je n'avais pas pu m'empêcher de hurler de rage.

Les jours suivants ont été une torture – moins à cause de ma douleur physique qu'à cause de la honte et l'absence de pouvoirs. J'avais l'impression d'avoir perdu mon identité, de n'être plus qu'une ombre pathétique de moi-même. Pire encore, tout était de la faute d'une jeune fille chétive. La situation n'aurait pas pu être plus humiliante.

Je suis resté au sommet du château – dans les anciens quartiers d'Annora – et Isolde et mes sœurs m'ont aidé à reprendre des forces. Notre espèce n'avait pas beaucoup de points faibles, mais nos paumes en étaient un. À la fois notre plus grande force et notre plus grande faiblesse.

J'ignorais comment, mais Caleb et la fille l'avaient découvert. Je bouillais de rage à l'idée que le loup leur ait dit.

Ce que je ferai à ce chien si je le retrouve un jour…

J'avais promis à Lilith de lui ramener la fille en quelques jours. Bien des jours s'étaient écoulés. Maintenant que j'étais au lit à me rétablir, j'avais trop honte pour me présenter devant l'Ancienne et lui avouer notre échec. Mais je ne pouvais pas différer ma visite éternellement, car elle s'inquiéterait. Et le stress l'affaiblissait. Sa vie ne tenait que par un fil, et elle devait être plus forte que jamais pour le rituel à venir.

Non, je devais aller la voir, même si je n'étais pas tout à fait rétabli. J'ai arraché mes draps, je suis sorti du lit et j'ai enfilé mon manteau, prenant soin de ne pas heurter mes paumes.

Quittant mes quartiers, je suis allé voir ma tante. Elle était en bas, dans les cuisines, remuant une casserole de sang. Dès qu'elle m'a vu, elle m'en a offert un verre. J'ai secoué la tête.

– Je dois partir tout de suite, ai-je dit.

Elle a regardé mes paumes. Je croyais qu'elle tenterait de me convaincre d'attendre encore un peu, mais elle a semblé comprendre pourquoi je ne voulais pas retarder ma visite davantage.

– Je t'accompagne, a-t-elle dit.

– D'accord, mais je lui annoncerai la nouvelle moi-même. Tu n'as pas besoin d'entrer dans la caverne. Cette mission était ma responsabilité.

– Bien sûr.

Elle a mis un couvercle sur la casserole, puis a déposé sa cuillère de bois et ôté son tablier. Après avoir enfilé son manteau, elle a posé une main sur mon épaule.

« Es-tu prêt ? »

– Allons-y.

Elle nous a d'abord transportés au donjon du château, où se trouvait la porte menant au royaume surnaturel, et une fois de l'autre côté, elle nous a fait disparaître et réapparaître sur la petite île où résidait Lilith.

Isolde m'a attendu à l'extérieur et j'ai pénétré dans l'antre de l'Ancienne.

À ma surprise, la tête de Lilith était à la surface du liquide quand je suis arrivé. Ce qui m'a inquiété. Je me suis demandé depuis combien de temps elle était dans cette position. Le liquide était ce qui l'aidait à se conserver.

Les mains dans les poches, j'ai marché jusqu'au

bord de l'étang et je me suis agenouillé. Ses yeux noirs rutilants se sont ouverts d'un coup, se braquant sur moi.

– Pourquoi es-tu aussi en retard ? a-t-elle sifflé dans sa langue ancienne.

– Je m'excuse, ai-je répondu dans la même langue.

Des rides profondes zébraient son visage. Sa peau semblait bien plus sèche que d'habitude.

– Depuis combien de temps m'attends-tu ainsi ? ai-je osé demander.

Elle a pincé les lèvres et froncé les sourcils.

– Trop longtemps.

– Je t'en prie, remets la tête dans le liquide un peu. Tu as besoin d'humidité.

Elle a toussé et craché.

– La fille est ce dont j'ai besoin. Où est-elle ?

J'ai baissé la tête.

– Je l'ai perdue.

Un silence de mort s'est abattu dans la pièce. J'osais à peine la regarder. Je m'attendais à ce qu'elle éclate de colère, mais ce qu'elle a fait m'a terrifié encore plus que si elle s'était énervée et m'avait maudit.

Elle a grimacé et fermé les yeux. Elle semblait trop

faible pour me réprimander.

– Tu sais ce que cela signifie, a-t-elle sifflé.

J'ai hoché la tête, les yeux toujours baissés.

« Sans le sang de la fille, a-t-elle continué, mes chances de survivre au rituel final sont minces. Et si je disparais avant qu'il soit accompli jusqu'au bout, tout notre travail aura été vain. »

J'ai serré la mâchoire.

– Je sais.

– Pourtant, tu l'as laissé filer entre tes doigts, a-t-elle dit, claquant sa langue. Parfois, je me demande si tu veux vraiment ce que tu prétends vouloir.

Furieux, j'ai voulu rétorquer, mais j'avais trop honte pour penser à une riposte.

« Alors, pour l'instant, a-t-elle dit après une pause, oublions la fille. Nous avons assez perdu de temps. »

– Je suis d'accord, ai-je réussi à dire. Mais ne perdons pas espoir. Je suggère de revenir à notre plan initial : prendre le contrôle de l'Ombre et ses habitants. Il y a plusieurs sortes de sang différentes sur l'île – d'humain, de vampire, de loup, d'ogre, et n'oublions pas Anna, l'immune. Son sang à lui seul pourrait te redonner des forces, même s'il n'égale pas celui de la fille Novak. Asservissons l'Ombre, et nous aurons accès à une mer de sang en un tournemain.

Elle a levé une main et claqué ses doigts osseux.

– Alors fais-le immédiatement. Nous ne pouvons pas nous permettre d'attendre plus longtemps.

J'ai grimacé avant de sortir les mains de mes poches et lui révéler mes paumes blessées.

La furie a brasillé dans ses yeux alors qu'elle regardait successivement mes paumes. Elle a marmonné une malédiction, et j'ai été projeté dans les airs, m'écrasant contre la paroi de pierre d'une force telle que l'enceinte a tremblé.

Il était temps de partir. Je me suis relevé et j'ai marché jusqu'à la porte. Avant de sortir, je me suis retourné.

– Isolde s'efforce de guérir mes paumes. J'aurai retrouvé mes pouvoirs d'ici quelques jours. Je m'assurerai d'exécuter tes ordres, Son Altesse. Je le jure.

Quand j'ai quitté la pièce, j'aurais dû gémir de douleur. Mais non. Je souriais. Elle venait de me montrer qu'elle était encore forte. Assez, je l'espérais, pour réussir notre rituel ultime de sang. Car si c'était le cas, nous n'aurions plus besoin de dépendre d'elle comme avant.

Elle ne serait plus la seule de son espèce.

Nous en aurions beaucoup plus – assez pour contrebalancer notre petit nombre. Assez pour réclamer le Sanctuaire et asseoir notre domination sur toutes les créatures subalternes. Assez pour revenir au mode de vie des Anciens et rétablir la véritable gloire de notre espèce.

Oui, nous serions assez puissants pour le faire. Nous aurions des cimetières entiers.

Chapitre 15 : Kiev

J'ai à peine porté attention à la porte où Patricia nous a emmenés. J'avais confiance qu'elle choisirait la bonne lorsqu'elle nous a fait disparaître de l'Ombre et réapparaître au sommet d'une montagne enneigée. Bientôt, elle a repéré un cratère dans le sol et quelques secondes plus tard, nous avons sauté dedans un par un.

Nous avons débouché dans une jungle humide avec de longues feuilles pointues et des troncs d'arbres cinq fois plus larges que ceux sur Terre. L'atmosphère était tellement lourde que j'ai eu du mal à respirer. Des cris et grognements d'animaux sauvages nous entouraient.

J'ai tout de suite su où nous étions : la Volière. De sombres souvenirs du temps que j'y avais passé me sont revenus en mémoire.

– Continuons notre chemin, ai-je dit en serrant l'épaule de Patricia, sans doute un peu trop fort.

Elle a acquiescé et, quelques instants plus tard, la jungle a disparu dans un tourbillon de couleurs. Quand j'ai retrouvé la vue, nous étions dans une sorte de grotte peu profonde au bord d'une plage de sable blanc immaculé.

– Eh bien, a dit Patricia, j'ai essayé de nous transporter jusqu'au Sanctuaire, mais je ne peux pas aller plus loin qu'ici… c'est la frontière.

– Qu'est-il arrivé ? ai-je demandé.

– J'ai quitté le royaume depuis trop longtemps. Je suis un paria, maintenant. Un peu comme vous.

J'ai descendu le rocher et, ignorant les rayons du soleil en sortant de la grotte, j'ai couru vers une rangée d'arbres. On aurait dit que j'avais heurté un mur de brique. Juste avant que j'atteigne les arbres, j'ai foncé à toute allure dans une barrière invisible.

Sonné, je suis revenu m'abriter dans la grotte avec les autres.

– Alors que suggères-tu de faire ? ai-je demandé, haletant.

Patricia a froncé les sourcils.

– Je pense que la seule façon est d'attendre qu'une sorcière ou un mage sorte, puis de nous accrocher à lui ou elle.

– Nous y accrocher ? a demandé Abby, perplexe.

– Oui, nous y accrocher. Être en contact physique avec une sorcière pendant qu'elle entre dans le royaume permet d'y accéder. Du moins, c'était le cas avant.

– Les sorcières sortent-elles souvent des frontières ? a demandé Erik.

– Elles n'ont pas vraiment de raison de le faire. Quand elles veulent voyager à l'extérieur du Sanctuaire, elles n'ont qu'à se faire apparaître sur place. Beaucoup ne quittent jamais l'endroit.

– Alors qu'allons-nous faire ?

– Je crois que nous n'avons pas d'autre choix que d'attendre et espérer que quelqu'un vienne.

Attendre et espérer. Les deux derniers mots que j'avais besoin d'entendre à ce moment-là.

Chapitre 16 : Mona

J'avais espéré pouvoir échapper à mon cauchemar éveillé en m'abandonnant au sommeil, mais dormir a été pire. Mes cauchemars ont été encore plus pénibles lorsque j'ai fermé les yeux. Je me suis réveillée en sueurs froides au petit matin et, sachant que c'était inutile, je n'ai pas tenté de me rendormir.

À l'approche de l'heure du petit-déjeuner, on a frappé à ma porte. Je m'attendais à voir ma bonne, mais c'était Brisalia, avec dans les mains un plateau d'argent rempli de nourriture. Elle est entrée et l'a déposé sur ma table de chevet, puis m'a pris la main et l'a pressée. Souriant d'un air affable, elle s'est excusée. J'ai hoché la tête, détournant les yeux au sol et ravalant ma salive.

– Je sais que tu as demandé d'être seule, mais Thalia et notre conseil veulent discuter de quelques questions avec toi.

J'ai relevé la tête. J'ignorais de quoi il s'agissait, mais je le devinais bien. Elles savaient que j'avais passé des années parmi les sorcières noires. Elles voulaient sans doute faire appel à mes connaissances. Elles seraient amèrement déçues, bien sûr. J'avais trahi Rhys trop souvent pour qu'il me donne accès à la moindre information importante. Il ne me donnait que des tâches simples.

Bien que je n'en aie pas envie du tout, j'ai accepté. Je ne pouvais pas leur refuser cette requête après un accueil si chaleureux.

– Quand ? ai-je croassé.

– Après le petit-déjeuner. Te rappelles-tu où est la salle de réunion ? a-t-elle demandé.

J'ai hoché la tête. De sombres souvenirs me sont revenus en mémoire. Comment pourrais-je oublier cet endroit ? C'était la pièce où l'on m'avait bannie à jamais du Sanctuaire. Là où tous ces visages familiers qui m'accueillaient maintenant avec gentillesse m'avaient agonie d'injures, des couteaux dans les yeux.

« Très bien. Je t'y attends dans une demi-heure. »

Sur ce, elle s'est évaporée.

J'ai regardé mon plateau de nourriture. Je n'avais pas faim. Je suis allée à la salle de bain me doucher et m'habiller. Une fois prête, je me suis téléportée jusqu'à la salle de réunion.

Thalia était assise à l'extrémité d'une table oblongue, Hermia et Brisalia de chaque côté d'elle, tandis que les autres fauteuils étaient occupés par une douzaine de sorcières et de mages. Tous des membres du conseil du Sanctuaire.

Des frissons m'ont parcouru la colonne quand j'ai senti leurs regards sur moi. Leur façon de me regarder était troublante, comme s'ils avaient tous oublié le passé.

– Assieds-toi, Mona, a résonné la douce voix de Thalia dans la salle alors qu'elle a indiqué la chaise vide à côté de Brisalia.

J'ai marché jusqu'à la table, tiré ma révérence et me suis assise.

« D'abord, je tiens à répéter combien nous sommes heureux de ton retour. »

J'ai joint les mains sur la table et je les ai fixées, évitant le regard de Thalia. Bien sûr, comme si la situation n'était pas assez gênante, ils étaient tous ignorants du fait que j'avais tué Odelia dans son sommeil.

– Merci, ai-je murmuré.

– Tu as sans doute deviné pourquoi j'ai convoqué cette réunion. Comme tu le sais sûrement, les sorcières noires gagnent constamment en puissance. Nous avons réussi à obtenir des informations confidentielles sur leurs intentions, mais nous ignorons encore quels sont leurs plans. Tu as passé plusieurs années avec elles. Pour commencer la réunion, j'aimerais que tu nous expliques ce que tu as appris d'elles durant ton séjour là-bas, et quels sont leurs plans, à ton avis.

J'étais tellement distraite que le simple fait de me concentrer sur ses paroles était un effort herculéen. Je me suis éclairci la voix et j'ai passé la langue sur ma lèvre inférieure.

– Je… Que savez-vous déjà ?

Thalia et ses sœurs ont échangé des regards. C'est Brisalia qui a répondu :

– Connais-tu Efren Hansard ? a-t-elle demandé.

Efren. Bien sûr que je connaissais Efren. Sa sœur avait fait de ma vie un véritable enfer lorsque j'étais sous l'aile de Rhys.

– Oui, ai-je répondu.

– Eh bien, nous avons réussi à l'attraper. Il est maintenant prisonnier ici. La plupart des informations que nous avons obtenues viennent de lui, mais il semble qu'il n'était pas assez haut placé pour tout savoir. Cependant, il nous a révélé qu'une Ancienne était toujours en vie. Et elle est la source de leur pouvoir. Nous ne savons pas où elle se trouve – même nos sortilèges n'ont pas été assez puissants pour soutirer cette information à Efren. Pour l'instant, nous sommes assez nombreux pour les dominer, mais les sorcières noires gagnent en force de jour en jour. Une fois qu'elles seront assez puissantes, elles s'empareront du Sanctuaire.

Brisalia s'est tue, me regardant avec espoir.

– J'ai bien peur de ne pas savoir grand-chose, ai-je dit. Rhys et sa tante ne me faisaient pas confiance autant que vous semblez le croire…

Ma voix s'est estompée. Je savais une chose, bien sûr : où était Lilith. Je connaissais son lien avec le Sanctuaire. Mais si je leur révélais, ils se rapprocheraient de la vérité. Du fait que j'avais égorgé Odelia. Je devais leur dire, mais je ne m'en sentais pas encore capable. Je ne croyais pas pouvoir y faire face. Aussi je me suis tue.

Thalia a soupiré.

– Quel dommage, a-t-elle dit. Nous espérions que tu pourrais nous aider.

– Je suis désolée, ai-je dit, m'excusant du regard.

– Tu es Canalisatrice, a dit Hermia. N'est-ce pas ?

– Oui.

– Alors tu as dû rencontrer cette Ancienne pour obtenir tes pouvoirs ?

– En effet. Mais je ne connais pas l'emplacement de sa demeure. Rhys ne me faisait pas assez confiance pour me le révéler. Il m'a bandé les yeux et escortée à l'aller et au retour. Je ne sais même pas si elle est sur Terre ou dans un royaume surnaturel.

Un lourd silence s'est abattu sur nous. J'ai continué à fixer mes mains.

– Eh bien, a fini par dire Thalia, si tu n'as vraiment pas d'autres informations à nous communiquer, alors tu pourras au moins nous aider à sécuriser notre royaume.

– Certainement. Je peux vous aider.

– Nous avons déjà mis en place des mesures de protection sur l'île, bien sûr, mais en tant que Canalisatrice, ta magie est plus forte que la nôtre. Nous aimerions que tu jettes un sortilège protecteur sur l'endroit, un peu comme tu l'as fait avec l'Ombre.

L'Ombre. Je me suis sentie coupable à la mention de l'île. Des milliers de gens chers à mes yeux s'y trouvaient – humains, vampires et loups-garous confondus – et comptaient sur moi pour les protéger. Maintenant que j'avais quitté le royaume humain, si les sorcières noires attaquaient, ils n'auraient aucun moyen de se défendre. Patricia et les autres pouvaient maintenir le sortilège de nuit éternelle et jeter un sortilège protecteur sur l'île, mais rien qui ne soit assez fort pour contrer la puissance de Rhys et ses semblables.

Puis le souvenir de Sofia et Kiev me trahissant m'est revenu à l'esprit, et le feu a embrasé mes veines, étouffant toute la culpabilité que je ressentais.

Comme c'est dommage.

La reine de l'Ombre aurait dû y penser à deux fois avant de se jouer de moi.

Chapitre 17 : Kiev

Après ce qui m'a semblé des heures d'attente, j'en ai eu assez.

– Je n'en peux plus, ai-je dit en me redressant brusquement. Il doit y avoir un autre moyen.

– Je suis tout ouïe si tu as des suggestions, a maugréé Patricia en chassant une mouche qui volait autour d'elle.

– Nous devons essayer d'appâter quelqu'un, ai-je dit.

J'ai senti trois paires d'yeux sur moi en me mettant à faire les cent pas sur le rocher.

« Que pourrions-nous utiliser comme appât ? »

Patricia m'a regardé attentivement.

– Hmm.

– Que dites-vous d'une explosion ? a suggéré Erik.

– Ça pourrait marcher, a dit Patricia.

– Et si cela attirait plusieurs sorcières ? a demandé Abby. Je doute que Patricia puisse en gérer plus d'une.

Tous les yeux se sont posés sur Patricia.

– L'élément de surprise joue en notre faveur, a-t-elle dit. Tout dépend vraiment de combien de sorcières sortent pour investiguer. S'il y en a seulement deux ou trois, je pourrai sans doute les neutraliser. Mais s'il y en a plus, sûrement pas.

– Alors nous devrons tous nous accrocher à la sorcière pour entrer ?

Patricia a hoché la tête et elle s'est relevée.

– Nous pouvons provoquer une explosion, je suppose, et voir ce qui se passe. Entre-temps…

Sa voix s'est estompée et elle nous a chacun serré la main en nous rassemblant en cercle autour d'elle, fredonnant une incantation. Quelques instants plus tard, elle, Abby et Erik ont disparu. Quand j'ai regardé mes mains, j'ai réalisé que moi aussi.

« Nous avons plus de chance de réussir notre

mission si nous sommes invisibles, » a dit la voix de Patricia à ma gauche.

– Très bien. Et maintenant ? ai-je demandé.

– Restez à l'ombre pendant que je trouve le meilleur endroit où déclencher l'explosion. Après, nous attendrons de voir si quelqu'un vient. S'il y a moins de trois personnes, je tenterai de m'approcher d'elles. Faites de même. Je réapparaîtrai dès que j'aurai la situation sous contrôle et je vous ferai signe.

– Et s'il y a plus de trois personnes ? a demandé la voix d'Erik, provenant de ma gauche.

– Alors restez où vous êtes, a répondu Patricia. Je ne ferai rien et nous devrons trouver une autre solution… Je pars maintenant.

Quand la sorcière nous a quittés, j'ai marché jusqu'au bord du rocher, d'où je voyais bien la plage. J'ai failli perdre pied quand quelqu'un m'a foncé dedans.

– Oh, pardon, a dit la voix d'Abby derrière moi.

J'ai tâté le vide à la recherche de son bras, puis je l'ai aidée à se placer à côté de moi, là où elle ne me ferait pas tomber.

– Erik ? ai-je dit.

– Oui.

D'après sa voix, il semblait être à côté d'Abby.

– Bon, ai-je dit. Maintenant, soyez attentifs.

J'ai balayé la plage des yeux, alerte au moindre mouvement, tentant de déterminer où était Patricia. Après quelques minutes, il y a eu un bruit soudain, semblable au claquement d'un fouet, puis une boule de feu est apparue dans le ciel, tourbillonnant en accélérant. En un rugissement assourdissant, elle a explosé, envoyant des fragments brillants voler dans la mer et sur la plage.

– On a bien dû entendre ce bruit, a dit Abby.

– Voyons voir si quelqu'un est assez inquiet pour sortir voir ce qui se passe, a dit Erik.

Nous ignorions où était Patricia maintenant que l'explosion avait retenti et s'était dissipée. Je me suis dit que, tout comme nous, elle surveillait la frontière.

– Allez, ai-je murmuré, espérant voir quelqu'un émerger de la rangée d'arbres.

Plusieurs minutes se sont écoulées et rien ne s'est produit. Je commençais à penser que Patricia allait provoquer une autre explosion quand une femme est sortie de la forêt à quelques dizaines de mètres de nous. Elle était échevelée et une bretelle de sa longue robe bleue pendait sur son épaule. Elle s'est arrêtée juste avant de franchir la frontière et a regardé de chaque côté de la plage.

– Phinneas, a-t-elle appelé.

Un mage, torse nu et vêtu d'un pantalon noir, est apparu derrière elle. Ses cheveux étaient aussi ébouriffés, et le rouge à lèvres de la femme tachait son visage.

« Vois-tu quelque chose ? a-t-elle demandé alors qu'ils observaient tous deux la plage. Qu'est-ce que c'était, selon toi ? »

Le mage a haussé les épaules.

– Sans doute des gamins qui faisaient du tapage. Il n'y a pas d'école aujourd'hui.

Il a passé la main autour de sa taille, puis l'a tirée contre lui et a enfoui la tête dans son cou.

« Ne les laisse pas nous distraire, Riona, a-t-il chuchoté. Nous n'avons pas beaucoup de temps. »

J'ai retenu mon souffle, prêt à pousser un juron en le voyant entraîner Riona vers la forêt. Ils avaient presque disparu quand la femme s'est arrêtée net.

– Attends, chéri, a-t-elle dit entre les baisers de l'homme puis, pointant vers Abby, Erik et moi, elle a ajouté : ce rocher semble plus confortable.

Elle a pris le mage par la main et ils ont traversé la

frontière ensemble, marchant vers nous.

– Nous devons bouger, ai-je sifflé.

Bien que le soleil ne se soit pas encore couché, nous n'avions pas d'autre choix que de leur laisser la grotte. Je ne savais pas où Erik et Abby étaient allés – d'après le bruit que j'ai entendu, ils avaient grimpé sur le dessus du rocher –, mais j'ai sauté, atterrissant dans l'eau. J'espérais ne pas avoir à endurer le soleil trop longtemps, mais la mer aiderait au moins à apaiser les brûlures en attendant. J'ai nagé autour de la formation rocheuse jusqu'à la plage, cherchant des yeux tout signe de Patricia.

Allez, Patricia. Où es-tu ?

J'ai essayé d'ignorer les gémissements qui sont parvenus du rocher, mais comme j'étais à proximité, j'étais forcé de les entendre.

Me préparant à la chaleur ardente du soleil, je suis sorti de l'eau dans l'espoir de découvrir où était Patricia et ce qui la retenait. Elle avait dit qu'elle réapparaîtrait une fois qu'elle aurait la situation en main. Peu importe ce qu'elle avait voulu dire.

J'ai posé les yeux sur les corps maintenant nus dans la grotte, grimaçant. Je ne voyais pas comment nous réussirions à entrer. Nous n'avions besoin que d'une seule personne, mais j'avais l'impression qu'essayer de séparer ces deux-là serait comme essayer de séparer des siamois.

J'ai sursauté lorsqu'on m'a saisi le bras. J'ai pivoté, mais je n'ai rien vu. Puis Patricia a parlé :

– Kiev, est-ce toi ?

– Oui. Comment as-tu…?

J'ai regardé mes mains pour voir si elles étaient toujours invisibles, me demandant pendant un instant si le sortilège s'était dissipé.

– Tes pas dans le sable, a-t-elle murmuré.

– Que se passe-t-il ?

– Je vais essayer de distraire le mage, l'envoyer de l'autre côté du rocher, puis revenir pour la sorcière. Dès que tu le vois sortir, tiens-toi le plus près possible de lui sans te faire remarquer. Dis à Abby et Erik de faire de même.

Avant que je puisse répondre, elle m'a lâché et je n'ai plus senti sa présence. Je me suis à nouveau dirigé vers le rocher, tentant de calmer ma respiration maintenant haletante à cause du soleil qui me cuisait la peau.

Je me suis perché à l'orée de la grotte, le plus près possible du couple. Je m'attendais à ce que Patricia provoque une autre explosion à tout moment. Mais j'ai soudain été distrait par des pas martelant le sable mouillé derrière moi. Je me suis retourné et, à ma stupéfaction, j'ai vu un autre mage qui courait vers nous.

Il était grand, avec les cheveux lissés vers l'arrière, habillé chic – une veste en cuir brodé et un pantalon de satin noir. La colère déformait son visage. Haletant, il courait vers le rocher. J'ai failli foncer dans le couple en allant me tapir dans un coin de la caverne pour l'esquiver.

Il a grimpé sur le rocher et s'est tenu là, jetant une ombre sur Phinneas et Riona. Ils étaient tellement absorbés l'un par l'autre qu'ils n'ont remarqué sa présence que lorsque l'homme a empoigné Riona par la gorge et l'a arrachée des bras de Phinneas.

Eh bien, on dirait que les choses se corsent.

Je ne savais pas où était Patricia, mais de toute évidence, nous allions devoir assister à cette scène avant de pouvoir faire quoi que ce soit.

– Zylen, a balbutié Riona en serrant les mains de l'homme autour de son cou.

Il lui a craché au visage.

– Espèce de putain. Pensais-tu vraiment pouvoir

t'en tirer aussi facilement ? a-t-il grogné en frappant du poing la paroi de pierre. Tu rends visite à ta sœur ? C'est ça que tu fais ?

Phinneas s'est levé et un jet de lumière a jailli de ses paumes, séparant Zylen de Riona. Il l'a foudroyé du regard.

– Ne la touche pas.

À son tour, Zylen a jeté un sortilège sur Phinneas, l'atteignant en plein torse. Ce dernier a été projeté vers l'arrière, tombant dans l'océan. Zylen a plongé derrière lui et les deux mages ont commencé à se battre dans les vagues.

– Non ! a crié Riona en se relevant, serrant sa robe contre elle. Ne lui fais pas de mal !

Elle allait jeter un sortilège sur Zylen quand un jet de lumière a jailli de la paume du mage, la heurtant en plein ventre. Elle s'est effondrée au sol, complètement rigide. Ses cris m'ont assuré qu'elle n'était pas morte, seulement paralysée.

La bataille s'envenimait alors que les vagues emportaient les deux hommes loin de la côte. Riona s'est mise à léviter – du moins, c'est ce que j'ai cru avant d'entendre Patricia siffler : « Maintenant. Kiev ! Abby ! Erik ! Venez par ici ! »

J'ai marché jusqu'à Riona et tâté l'air jusqu'à ce que je touche ce qui m'a semblé être l'épaule de Patricia. J'ai jeté un coup d'œil dans la direction d'où j'avais entendu Erik et Abby accourir. Ils étaient sans doute au soleil depuis tout ce temps. J'espérais qu'ils ne soient pas trop mal en point.

– Erik ? ai-je appelé. Abby ?

– Ici, a dit mon frère derrière moi. Nous sommes là.

Je les ai sentis passer à côté de moi pour s'agripper à Patricia. Quelques secondes plus tard, nous avons disparu, tous les cinq, et nous sommes réapparus devant la forêt bordant la plage.

– Maintenant, a dit Patricia, accrochez-vous à la sorcière pendant que nous entrons.

J'ai obéi, serrant le bras de la femme, présumant qu'Abby et Erik m'avaient imité. Nous avons ensuite traversé la frontière qui, un peu plus tôt, était aussi solide qu'un mur de brique. Cette fois, je n'ai pas eu de mal à la franchir ; c'était comme s'il n'y en avait pas du tout.

Nous nous sommes avancés dans la forêt, puis le corps Riona est redescendu au sol.

– Que se passe-t-il ? Qui êtes-vous ? a-t-elle frémi

en regardant autour d'elle, les larmes aux yeux.

Patricia est enfin réapparue directement à côté d'elle, mais Erik, Abby et moi sommes restés invisibles. Elle s'est penchée vers Riona et l'a regardée chaleureusement.

– Ne t'en fais pas, ma chérie, a-t-elle murmuré en passant une paume sur son front. Quand tu te réveilleras, tu ne te souviendras de rien. Ce ne sera qu'un mauvais rêve…

Alors que Patricia lui caressait le front, Riona a cessé de geindre et ses paupières se sont lentement refermées. Quelques instants plus tard, elle ronflait.

Inspirant profondément, Patricia s'est relevée et a regardé vers nous.

Elle a disparu à nouveau en marmonnant : « Maintenant, le vrai travail commence. »

Chapitre 18 : Mona

Bien que mon appartement soit spacieux, et que celui de ma bonne était situé tellement loin du mien que j'avais à peine remarqué sa présence, je commençais à me sentir claustrophobe à force de rester à l'intérieur. J'ai pensé me jeter un sortilège d'invisibilité, mais j'ai plutôt décidé de revêtir un long manteau à capuche pour tenter de passer inaperçue. J'ai quitté le palais et j'ai longé les routes de la cité. J'évitais de regarder les gens que je croisais dans les yeux, espérant qu'ils ne me reconnaissent pas après tout ce temps.

Je savais que si je revenais vivre ici à long terme, je

ne pourrais pas éviter les habitants éternellement. Je devrais être sociable et réintégrer la société.

Mais mon cœur saignait toujours. Toute compagnie autre que la mienne était un fardeau.

À chaque rue que je parcourais étaient associés des souvenirs particuliers, que je me remémorais en marchant. Rien n'avait changé ici, même après tout ce temps. Jamais je n'avais cru voir le jour où l'on m'accueillerait à bras ouverts. Maintenant que j'étais de retour, je ne pouvais pas nier le fait que rien ne remplacerait le Sanctuaire dans mon cœur – ni l'Ombre ni nulle part ailleurs.

J'ai marché pendant des heures dans les rues familières jusqu'à ce que j'arrive près des limites de la cité. Il y avait de moins en moins de bâtiments et de plus en plus de lacs scintillants et parfumés. J'ai frémi en apercevant une chute d'eau qui dévalait dans un ravin. J'ai emprunté le pont suspendu reliant les deux parois, humant l'air frais. Je me suis arrêtée au milieu et j'ai agrippé la rambarde. En regardant l'eau en bas, ma vision s'est brouillée alors que les larmes me montaient aux yeux.

Des souvenirs de Kiev ont rejoué dans mon esprit. De notre première rencontre à la Volière à la première fois que nous avions fait l'amour dans ma maison au bord du lac… tout ce que nous avions vécu m'a balayée comme une vague.

Je me suis demandé s'il avait des remords pour ce qu'il m'avait fait. Ou s'il était seulement fâché contre lui-même de s'être fait prendre, me forçant à quitter l'île et laisser ses habitants vulnérables. J'étais sûre que c'était la deuxième option. Il était trop épris de Sofia Novak.

J'ai repensé une fois de plus à la nuit où je les avais vus au port. Derek Novak était là, lui aussi témoin de la scène. Je n'avais pas été capable de rester, aussi j'ignorais ce qui s'était passé après mon départ. Mais j'étais sûre que Derek avait banni Kiev de l'île. Peut-être que Sofia était partie avec lui.

J'ai essuyé mes larmes du dos de la main.

Je dois cesser de perdre mon temps à penser à cet homme qui se fiche de moi.

Déterminée à me distraire, j'ai traversé le pont et, en arrivant de l'autre côté, je suis descendue au bord de l'eau. Ne gardant que mes sous-vêtements, j'ai plongé. J'ai refait surface, frottant mon visage, nettoyant les traces laissées par mes larmes sur mes joues. J'ai dénoué mes cheveux et nagé vers la cascade. J'allais passer en dessous quand quelqu'un m'a hélée.

– Mona !

C'était une voix masculine profonde. J'ai regardé dans la direction de la voix et j'ai aperçu un mage aux longs cheveux blonds, debout sur la berge, les bras croisés.

J'ai nagé dans sa direction, étudiant son visage. Il était étrangement familier, mais je ne le replaçais pas.

« Tu ne te souviens pas de moi, n'est-ce pas ? » a-t-il dit avant d'enlever son t-shirt et d'entrer dans l'eau à son tour.

J'ai secoué la tête, le fixant toujours.

« Coen, a-t-il dit en tendant la main. Coen Brymer. Ma famille habitait en face de chez toi. On est allés à l'école ensemble. »

– Oh, ai-je dit, stupéfaite. Coen ? Tu… as changé.

Le Coen dont je me souvenais était un garçon filiforme et timide avec les cheveux courts et le teint blême. Il n'avait rien de cet homme bronzé et athlétique. Je ne l'aurais probablement pas reconnu même si j'avais passé la journée à l'observer.

Il a souri.

– J'imagine qu'on a tous les deux changé depuis la

dernière fois…

J'ai serré sa main.

« C'est joli, ici, n'est-ce pas ? »

J'ai hoché la tête, reculant un peu.

« J'espère que je ne te dérange pas, » a-t-il dit en se mouillant les cheveux.

– Non, non.

– Je suis curieux depuis que Brisalia a mentionné que tu étais de retour. Beaucoup d'entre nous le sont… Mais je vois que tu es plutôt solitaire.

J'ai soupiré.

– Il y a si longtemps que je suis partie… Et tellement de choses se sont passées depuis. J'imagine que je ne me suis pas encore acclimatée.

– Je comprends, a-t-il dit en me regardant attentivement. C'est sans doute étrange pour toi d'être accueillie par les mêmes personnes qui t'ont bannie des années auparavant.

Décidément, Coen n'était pas du genre à tourner autour du pot. Je lui ai souri légèrement.

– Oui, ça aussi.

– Si tu as besoin d'aide pour réintégrer l'endroit, je me porte volontaire.

– Merci.

– C'est peut-être trop tôt pour toi, mais un petit groupe d'entre nous – des camarades de classe, surtout – se réunit pour célébrer l'anniversaire de mon frère aîné ce soir, après le coucher du soleil. Il y aura de la musique, de la nourriture, de la danse...

Il est retourné vers la berge et est sorti de l'eau, ramassant son t-shirt et le remettant.

« Si tu en as envie, viens frapper à ma porte. J'habite toujours au même endroit... en face de l'ancienne maison de tes parents. »

J'ai opiné, déglutissant.

– Merci, Coen. Je vais y penser.

– On ne sait jamais, ça te changera peut-être les idées.

Il m'a souri de toutes ses dents avant de tourner les talons et de se volatiliser. J'ai fixé l'endroit où il s'était tenu quelques instants plus tôt, me demandant si Brisalia lui avait demandé de venir me voir. Je lui avais brièvement parlé de Kiev. Sans doute avait-elle voulu me donner une distraction.

Quoi qu'il en soit, je ne pouvais pas nier le fait que je désirais oublier le vampire. Bien que la dernière chose que j'ai envie de faire était d'aller à une fête, je me suis dit que cela me ferait sans doute du bien.

J'ai nagé jusqu'à l'autre berge et je suis sortie de l'eau. Après m'être séchée par magie, j'ai remis mes vêtements et je suis remontée jusqu'au pont. J'ai décidé de marcher jusqu'au château, ce qui me donnerait le temps de réfléchir à la proposition de Coen.

Je n'ai pas prêté attention aux rues en marchant, trop occupée à peser le pour et le contre. Mais en atteignant une zone particulièrement élevée de la cité, je suis sortie de ma rêverie en réalisant que j'étais arrivée au bout de mon ancienne rue.

J'ai frissonné en posant les yeux sur la maison où j'avais grandi. Tout était comme dans mon souvenir : le petit toit en pente orné de cristaux, les vérandas spacieuses, la pelouse carrée devant la maison avec un petit étang à grenouilles dans un coin…

J'ai dû me faire violence pour ne pas m'effondrer à nouveau. Je me suis forcée à respirer normalement et à détourner le regard de la maison jusqu'à celle d'en face – la maison de Coen.

Je n'avais pas l'intention de passer par là. Mince, je n'avais même pas encore pris de décision. Mais il semblait que mon inconscient ait décidé à ma place : j'irai à la fête.

Prenant une grande inspiration, j'ai marché jusqu'à la porte des Brymer et j'ai frappé. Coen a ouvert après quelques secondes. Un large sourire s'est dessiné sur son visage basané dès qu'il m'a vue.

« C'était rapide, » a-t-il dit.

J'ai souri timidement.

« Alors, tu viendras ? »

– Oui… je viendrai.

– Je passerai te chercher à tes quartiers plus tard ce soir, vers vingt et une heures. Quel est ton numéro d'appartement ?

– Je… euh…

J'ai eu un blanc. Je n'avais même pas remarqué de numéro sur ma porte.

« Je n'en suis pas sûre. C'est au dernier étage. Tu pourrais demander à quelqu'un en arrivant… »

– Y vas-tu maintenant ? a-t-il demandé.

– Oui.

– Alors je t'accompagne, a-t-il dit.

Avant même que je puisse protester, il est sorti sur le perron et a refermé la porte derrière lui. Il a indiqué la rue d'un geste de la main.

« Après toi. »

Nous avons emprunté le trottoir. Je lui ai jeté un

coup d'œil, remarquant qu'il m'observait. Ses joues ont rosi quand nos regards se sont croisés et il s'est raclé la gorge.

Coen Brymer était mignon. Je ne pouvais pas le nier.

Tandis que nous marchions dans les rues paisibles qui menaient au palais, je n'ai pas pu m'empêcher de me demander s'il était la distraction dont j'avais besoin pour oublier Kiev.

Comme j'avais été la distraction dont Kiev avait besoin pour oublier Sofia.

Chapitre 19 : Micah

Rester assis à attendre n'avait jamais été mon fort. J'avais perdu la notion du temps que j'avais passé sur le bateau à espérer que quelqu'un vienne le sortir du port, mais je savais une chose : je n'en pouvais plus.

Comme le silence et l'ennui commençaient à me rendre fou, n'importe quoi me semblait mieux qu'attendre – même risquer ma vie.

J'ai réussi à rassembler juste assez de patience pour attendre que la nuit tombe de l'autre côté de la frontière et que je me transforme en loup. J'ai sauté du yacht, atterrissant sur la jetée verglacée. Je me suis précipité vers les arbustes les plus près. Tendant l'oreille et reniflant l'air, j'ai essayé de déterminer si quelqu'un se trouvait dans les deux milles à la ronde. Ne détectant personne, j'ai traversé la forêt à la course, restant dans les sous-bois et tentant de faire le moins de bruit possible.

Je me dirigeais vers le château juché sur les sommets enneigés au loin. En atteignant la limite de la forêt, je me suis arrêté. Une fois de plus, j'ai usé de mes sens aiguisés pour évaluer le risque de m'approcher du château. Je percevais quelques vampires et sorcières qui déambulaient à l'intérieur, mais je ne détectais personne à l'extérieur à cette heure tardive. Je devais néanmoins m'assurer de ne pas être vu. Ma fourrure sombre faisait tache parmi toute la neige blanche. Pour cette raison, je ne pouvais pas emprunter l'escalier. Je me suis dirigé vers les rochers escarpés sur la façade droite du bâtiment.

En grimpant, j'ai réalisé que je n'avais pas de plan. Je voulais simplement découvrir quand le prochain groupe de vampires quitterait l'île. Si je le savais, je pourrais peut-être m'accrocher à leur bateau jusqu'à ce qu'il franchisse la frontière, puis me glisser dans la mer de l'autre côté… Remarque, je ne saurais pas quoi faire une fois à la dérive, mais même cette situation était plus prometteuse que celle dans laquelle j'étais actuellement.

Heureusement, mon physique de loup était adapté à ce genre de terrain et le froid ne me dérangeait pas. J'étais agile, même sur les rochers les plus pointus, et bientôt, j'ai atteint la base du château. Je me suis hissé sur l'étroite corniche qui bordait l'édifice.

J'ai fait une pause, regardant autour de moi, tendant une fois de plus l'oreille pour écouter des bribes de conversations à l'intérieur qui pourraient me donner un indice quant à la prochaine mission.

Comme j'entendais des dizaines de conversations se chevauchant, j'ai eu de la difficulté à me concentrer sur une seule à la fois. J'espérais que les gens regagnent leurs chambres pour la nuit et que le nombre de voix diminue, ce qui me faciliterait la tâche.

J'ai sauté de la corniche et je me suis blotti dans un recoin sous un rocher surplombant pour les suivre de cette cachette plus sûre. J'avais raison de croire que les habitants du château iraient bientôt se coucher : après quelques heures, je n'ai plus entendu que quatre conversations. L'une d'elles semblait parvenir du rez-de-chaussée – une querelle sur la quantité de sang humain que quelqu'un essayait de consommer – et les trois autres venaient des étages supérieurs. La dispute du rez-de-chaussée s'est calmée et j'ai réalisé que la conversation la plus éloignée de moi, peut-être même au dernier étage du château, était la plus intéressante.

– Nous sommes à court ? Comment est-ce possible ? a dit la voix furieuse de Rhys. J'ai dit à Lilith que nous serions bientôt prêts à partir pour l'Ombre !

Un frisson m'a parcouru le dos à la mention de l'île.

– Je suis désolée, a répondu une voix de femme. Tes paumes étaient plus endommagées que je le croyais, et j'ai sous-estimé notre approvisionnement de mer-fin.

– Et les deux autres îles ? Celle de Stellan et celle de l'autre côté du portail ? Elles ont des cuisines remplies d'ingrédients, pour l'amour du Ciel !

– J'ai déjà vérifié aux deux endroits. Nous sommes à court. Je devrai retourner à l'Anse pour en chercher plus.

Du verre s'est fracassé.

– Et combien de temps cela prendra-t-il ? a-t-il fulminé.

– Tu sais que je ne peux pas répondre à cette question avec exactitude. Mais pendant mon absence, bois le plus possible de sang de loup-garou. J'ordonnerai à Arielle de t'en apporter cinq verres par jour. Ça t'aidera à reprendre des forces avant que je puisse préparer plus de potion… Je pars maintenant. Et Rhys, je te promets de revenir le plus vite possible.

Rhys a grogné.

Je pensais à l'Ombre. Qu'avaient-ils l'intention de faire ? Allaient-ils enfin tenter une invasion massive ? Au moins, pour l'instant, il semblait qu'un sursis ait été accordé à l'île.

Mais pour combien de temps ?

Chapitre 20 : Annora

Quand Caleb a enfin enfoncé les crocs en moi, j'ai cru pendant un instant que j'allais succomber. La faim dans son regard était à la fois terrifiante et exaltante. Il a bu avidement. Tellement que j'ai été étourdie. Mais même quand ma vision s'est brouillée, je ne me suis pas débattue. Je me suis accrochée à lui, le suppliant de prendre plus de moi – tout de moi, si c'était ce qu'il désirait.

Puis il s'est arrêté. S'essuyant la bouche du dos de la main, il a reculé jusqu'à l'autre bout du pont. La poitrine haletante, il m'a tourné le dos, se forçant à regarder la mer.

J'ai interprété sa maîtrise de lui-même comme la preuve qu'il ne voulait pas me tuer. Que j'avais toujours eu raison : il m'aimait encore, et je n'avais qu'à lui prouver que j'étais la même fille qu'il avait juré d'épouser.

J'ai éprouvé une sensation d'euphorie en le regardant lutter contre sa faim à l'autre bout du bateau. Son refus de m'achever était le premier pas vers la redécouverte de notre amour. J'avais survécu à l'attaque initiale de Caleb et maintenant, il me désirait. Passionnément. À la folie.

Je me suis tenue à l'écart pendant le reste de la nuit ainsi que le lendemain. J'ai remarqué qu'il était plus concentré sur la navigation que d'habitude, comme s'il cherchait désespérément une côte où me déposer, bien qu'aucune ne soit en vue. À moins de croiser un autre navire, nous n'avions pas la moindre chance d'atteindre la terre ferme dans notre embarcation de fortune.

Il a jeûné toute la journée, mais quand le soir est tombé et que je m'apprêtais à me coucher dans mon coin du bateau, il s'est approché et m'a saisie par la taille, me tirant contre lui en cédant une fois de plus à la tentation de mon sang. J'ai passé le bras autour de son cou, l'attirant contre moi, l'invitant à me prendre pleinement, malgré la douleur de sa morsure.

Mais comme il l'avait fait la veille, il a retrouvé le contrôle de lui-même. J'ai sondé ses yeux – maintenant presque noirs – en caressant sa joue. Il a bronché quand je me suis penchée pour poser un baiser dans son cou, repartant en trombe de l'autre côté du bateau, jurant et frappant du poing le bois.

Mais quand le jour s'est levé, je me suis réveillée à côté d'un contenant de sang. Une longue lance de métal était couchée près de moi, l'extrémité teintée de rouge. Caleb n'était nulle part en vue – mais je l'entendais respirer à l'intérieur de la cabine. J'ai souri d'un air entendu en portant le sang à mes lèvres. C'était celui de Caleb. Il ne pouvait pas se permettre que je périsse, car il ne pourrait plus satisfaire sa soif.

Il était accro à mon sang.

Ce n'était plus qu'une question de temps avant qu'il devienne accro à moi.

Chapitre 21 : Rose

Je ne gardais pas la tête en dehors du manteau pendant trop longtemps, de peur de perdre ma poigne sur Bella. J'ai frissonné. J'ignorais à quelle hauteur nous planions. Une rafale glacée nous fouettait alors que la créature volait à une vitesse fulgurante. Je sentais le tissu mouillé contre mon dos. Je ne savais pas si c'était de la sueur ou de la pluie.

Je n'ai pas osé poser d'autres questions, nous étions trop près du dragon. Je me suis demandé si la bête avait remarqué qu'elle m'avait attrapée en même temps que Bella. Elle avait dit que les dragons mangeaient les ogres. Mangeaient-ils aussi les humains ?

J'ai perdu la notion du temps. Des heures avaient dû s'écouler. J'ai réussi à ressortir la tête du manteau quelques fois de plus, mais je ne voyais rien d'autre que l'océan à perte de vue. Plus le temps passait et plus j'étais nerveuse, car l'emprise de Bella sur moi semblait s'affaiblir et je n'étais pas sûre de pouvoir rester accrochée à elle encore longtemps sans son aide. J'ai fermé les yeux, chassant toute autre distraction, et je me suis concentrée à la serrer, tellement fort que j'entendais son cœur battre dans sa poitrine.

Même si j'avais peut-être une meilleure chance de survie en plongeant dans l'océan que si j'étais entraînée au royaume des dragons, me laisser tomber dans la mer à cette altitude causerait ma mort certaine. Il n'y avait aucune terre en vue, et j'ignorais quelles créatures se cachaient dans ces eaux étrangères.

Soudain, le dragon a entamé sa descente. Mon estomac a chaviré. Bien entendu, la bête ne nous avait pas averties qu'elle ferait une telle chute libre. Plus elle descendait, plus il faisait chaud.

Bella a grogné. J'allais sortir la tête à nouveau pour voir ce qui se passait quand le dragon a fait une embardée, freinant son piqué tellement brusquement qu'elle n'a pas pu rester accrochée à moi. Notre emprise l'une sur l'autre s'est défaite et l'instant d'après, je tombais. J'ai à peine eu le temps de regarder autour de moi, et encore moins de crier, que mon dos a heurté le sol gazonneux. Heureusement, je n'avais pas atterri sur un rocher.

Gémissant de douleur, je me suis redressée en me frottant la tête. Bien que mon corps me faisait souffrir, je n'avais pas l'impression de m'être gravement blessée. Je n'étais pas tombée de très haut.

J'ai regardé les alentours, mes yeux s'écarquillant. J'étais au sommet d'une colline. Le ciel était bleu clair – pas un seul nuage en vue – et un soleil éblouissant tapait sur moi. À quelques kilomètres derrière se trouvait l'océan, tandis que des montagnes et collines s'étendaient à perte de vue autour de moi, parsemées de vallées verdoyantes.

Mes yeux se sont fixés sur le groupe de dragons transportant des ogres dans leurs griffes et disparaissant derrière une montagne.

Mince.

Je fais quoi maintenant ?

J'étais loin du royaume cauchemardesque des ogres, mais où avais-je atterri ? Quelque chose me disait que je ne serais pas plus en sécurité ici.

Je me suis dit que la première chose à faire était de me cacher. Je me sentais tellement vulnérable sur cette colline. Qui sait, une deuxième envolée de dragons pourrait passer par ici d'une minute à l'autre. Si les dragons et les ogres avaient une chose en commun, c'était le fait d'avoir un royaume montagneux.

Des dragons. Je me sentais folle rien qu'à penser au mot.

En atteignant le creux de la vallée la plus proche – à quelques centaines de mètres de la colline –, j'ai réalisé que l'étendue verte au centre n'était pas de l'herbe, mais une sorte de terrain marécageux. J'ai descendu et je me suis arrêtée au bord du marais. Je l'ai observé avec méfiance, essayant de déterminer si je pouvais le traverser ou si je devais faire le tour. J'ai dû ravaler un cri quand ce que j'avais cru être un tronc couvert de tourbe a ouvert deux yeux jaunes et brillants et s'est dirigé vers moi. J'ai reculé en titubant, dégainant le couteau que j'avais encore sur moi et le brandissant vers le gigantesque reptile qui rampait hors de l'eau. On aurait dit un alligator, avec une longue queue pointue et une mâchoire puissante, sauf que cette bête était trois fois plus longue. Et beaucoup plus rapide.

Elle a foncé vers moi, la gueule ouverte. J'ai attrapé la branche d'un arbre, réussissant à me hisser dessus juste à temps pour éviter que sa mâchoire se referme sur mon pied. J'ai grimpé le plus haut que j'ai pu et regardé la bête d'où j'étais perchée. Elle semblait tout aussi féroce que les dragons.

Osant à peine respirer, je l'ai vue lever la tête vers moi et m'observer. Pendant quelques secondes de terreur, j'ai cru qu'elle allait grimper, mais, renâclant, elle a reculé et est retournée s'enfoncer dans le marécage. Apparemment, elle était incapable de grimper aux arbres.

Génial. Maintenant je suis coincée dans un arbre. Je ne peux même pas redescendre sans craindre que cette bestiole me remarque et me pourchasse.

Mince. Pourquoi j'attire toujours les alligators ?

Mais cette fois, je devais me défendre seule. Caleb n'était pas là pour me sauver.

J'ai marmonné un juron, tentant de trouver une

position confortable au sommet de l'arbre. Ce qui s'est révélé ardu ; les branches étaient hérissées d'épines à leurs extrémités. Acceptant le fait que je ne trouverais pas de position confortable, je me suis contentée d'appuyer la tête sur le tronc, soupirant profondément.

Mon corps me suppliait de lui accorder un répit. J'étais crevée. Je ne désirais rien de plus que fermer les yeux et dormir, ne serait-ce qu'une demi-heure. J'étais sûre que j'aurais les idées plus claires si je faisais un somme.

J'ai enroulé les bras autour de deux branches pour ne pas tomber et j'ai fermé les yeux.

Comme je m'y attendais, je n'ai pas réussi à dormir, bien que reposer mes paupières ait semblé me faire du bien. Quand je les ai rouvertes, je me sentais un peu plus calme.

J'ai frotté mes yeux, puis regardé vers le marécage à nouveau. La créature avait repris sa place, camouflée en bûche en attendant le prochain passant malchanceux.

J'ai regardé vers la colline d'où j'étais arrivée. Une fois que je trouverais le courage de retourner sur mes pas et la remonter, je devrais essayer un autre chemin

– espérant qu'il soit moins périlleux, cette fois.

J'allais redescendre de mon arbre, les yeux fixés sur le monstre du marais en guettant le moindre signe de mouvement, quand je l'ai entendu : un chant étrange et monocorde. On aurait dit qu'il provenait des entrailles d'une montagne, de mon côté du marécage. Les voix étaient graves et masculines. À leur intonation et la façon dont ils étaient prononcés, on aurait dit qu'ils étaient chantés par des humains, ou peut-être des sorcières – mais dans une langue étrangère.

Obnubilée, j'ai lentement descendu de l'arbre. Le monstre du marais n'a pas rouvert les yeux, aussi j'ai sauté de la dernière branche et remonté la colline à la course, jetant des coups d'œil derrière moi de temps en temps pour m'assurer qu'il ne me suivait pas.

J'étais à bout de souffle quand je suis arrivée au sommet de la colline d'où j'avais cru que les chants parvenaient, et ma bouche était sèche. Je me suis accroupie dans l'herbe de peur que d'autres dragons volent au-dessus de moi. J'ai balayé les environs, tentant de comprendre d'où émanaient les voix. En m'avançant, j'ai aperçu un cratère. J'ai rampé jusqu'au bord et regardé dedans.

Mes yeux ont failli se consumer dans leurs orbites quand un jet de flammes a surgi. J'ai rampé vers l'arrière, faisant le tour du cratère pour voir si j'aurais une meilleure vue de l'autre côté. Quand les flammes se sont résorbées, j'ai vu sept hommes agenouillés en cercle, la tête inclinée. Du moins, je croyais qu'il s'agissait d'hommes. Mais en regardant bien, malgré leurs traits humanoïdes, j'ai vu qu'ils n'étaient pas humains. Ils étaient torse nu. Leurs corps étaient faits comme des corps d'humains, mais leurs omoplates étaient couvertes d'écailles luisantes et leurs oreilles étaient pointues. Ils avaient la peau foncée, et des muscles incroyablement larges.

Je me suis penchée davantage, tentant d'y voir mieux. Ils étaient rassemblés autour d'un bassin de liquide rouge sombre entouré de flammes. On aurait dit une cérémonie rituelle. Un des hommes, agenouillé sur une plateforme un peu plus élevée, dirigeait le chant tandis que les autres répétaient après lui.

J'ai entendu un sifflement derrière moi. J'ai pivoté, frémissant d'horreur en apercevant la créature du marais. Elle m'avait suivie en haut de la colline. Sa gueule était grande ouverte, à environ un mètre de mes jambes.

Effrayée, j'ai perdu l'équilibre et l'instant d'après, je tombais en chute libre dans le cratère. Comme il était à la verticale du bassin, j'ai évité les flammes, tombant la tête la première dans le liquide.

Si le bassin n'avait pas été assez profond, je me serais brisé la nuque. Mais non, il était profond. Anormalement profond. Même avec l'élan de ma chute, je n'ai pas touché le fond. J'ai nagé de toutes mes forces jusqu'à la surface. Reprenant mon souffle, j'ai essuyé le liquide de mes yeux – liquide qui, j'en étais maintenant certaine, était du sang. Un silence de mort s'était abattu dans le cratère. J'ai regardé autour de moi, à deux pas des créatures humanoïdes. Elles me fixaient d'un air à la fois horrifié et émerveillé.

Je me suis hissée hors du sang. En équilibre au bord du bassin, j'ai tâtonné ma cuisse à la recherche de mon couteau. La gaine était vide. J'avais dû le perdre dans le liquide. J'ai levé les yeux vers le ciel, frissonnant en voyant la hauteur de laquelle j'étais tombée.

Quand j'ai regardé les hommes à nouveau, ils

m'examinaient toujours avec un mélange de fascination et de surprise, comme si j'étais une sorte d'extra-terrestre. Sans doute la même expression que j'avais affichée en les voyant.

L'homme le plus près de moi a parlé d'une voix gutturale et rauque. Bien qu'il me regarde directement, je n'ai pas eu l'impression qu'il me parlait.

– Vêtue de soie et née du ciel. La peau couverte du sang de nos ennemis.

Je l'ai regardé, bouche bée. *Hein ?*

Un homme aux cheveux noirs à côté de lui a fait un pas vers moi.

– La jeune fille du feu ? a-t-il murmuré d'une voix tout aussi révérencieuse.

J'avais presque envie de m'exclamer qu'ils me prenaient pour quelqu'un d'autre, mais… *La jeune fille du feu ?* Je trouvais que le titre sonnait bien.

– Est-ce possible ? a demandé un troisième homme, les yeux écarquillés. Elle est humaine.

Ce dernier s'est approché et m'a saisie par le bras. Il m'a tirée vers lui et a pressé le nez sur mon poignet, humant profondément. Il a ouvert la bouche en me fixant.

« Elle n'est pas une humaine ordinaire. Je n'ai jamais senti un humain qui ait cet arôme... C'est certainement un oracle. »

Les autres ont continué de me fixer en silence.

« Elle est tombée tandis que nous rendions hommage au feu qui brûle dans nos veines et qui dévore nos ennemis. Nous devons la prendre comme un cadeau de nos ancêtres. »

J'ignorais quoi faire lorsqu'il a tendu une main vers moi. Ne sentant pas le danger dans son geste, je l'ai prise. Sa peau était chaude, presque bouillante. Il m'a conduite entre deux flammes, sur une botte de paille faisant office de siège. Il m'a fait signe de monter dessus.

Ma gorge me faisait mal, et j'avais l'impression d'avoir avalé du sang, à en croire l'arrière-goût cuivré dans ma bouche. Mon corps entier était collant à cause du sang qui séchait sur ma peau, à la chaleur des flammes.

Quand l'homme m'a lâché la main et a mis un genou à terre, les autres l'ont imité.

Je suis restée là, mal à l'aise, attendant qu'ils relèvent la tête.

Ils ont échangé des regards, puis l'un d'eux s'est

avancé et m'a soulevée. Des frissons ont parcouru mon corps quand j'ai senti sa peau chaude contre la mienne.

Les écailles sur ses omoplates se sont répandues jusqu'à ce qu'il en soit complètement couvert, puis son corps a pris de l'expansion – sa tête, ses bras, ses jambes – jusqu'à ce que la créature qui me tenait dans ses bras ne soit plus un humanoïde, mais un dragon.

Ses lourdes ailes ont battu de chaque côté de lui alors qu'il s'envolait vers le trou dans le toit de la caverne. Les autres hommes se sont transformés à leur tour avant de nous suivre.

Ce ne sont pas de simples dragons. Ce sont des métamorphes.

Chapitre 22 : Rose

J'ai été soulagée quand le dragon a enfin foulé le sol. Ses griffes m'avaient éraflé la peau et la chaleur de son corps était étouffante. J'ai balayé des yeux la clairière où nous avions atterri. Elle était bordée d'arbres et au centre se trouvait un puits.

Les autres dragons se sont posés un peu après nous, formant une ligne dans la clairière, leurs yeux ardents fixés sur moi. Je sentais la chaleur qui émanait de leurs corps même à une dizaine de mètres d'eux.

Le dragon qui m'avait transportée a repris sa forme humaine et s'est dirigé vers le puits. Il a rempli un seau d'eau et l'a versé sur moi. J'ai été reconnaissante pour la fraîcheur de l'eau, mais j'ai trouvé bizarre de me faire laver par cet homme. J'aurais préféré le faire moi-même. Il a versé un seau d'eau après l'autre sur moi, jusqu'à ce que ma robe soit complètement trempée et que le sang séché ait disparu. Il a posé le seau par terre.

Je n'osais pas prononcer le moindre mot de peur de détruire leur illusion et me mettre en danger. Mais il était difficile de jouer le rôle de quelqu'un d'autre alors que je n'avais pas la moindre idée de qui était cette personne.

J'ai soutenu le regard de l'homme, les lèvres scellées.

Maintenant que j'étais propre, les autres dragons se sont approchés, m'observant toujours attentivement. Une option était d'attendre qu'ils me donnent des informations et, entre-temps, prétendre savoir ce que je faisais. Mais ils restaient immobiles à me fixer. J'ai réalisé qu'ils s'attendaient à ce que je fasse quelque chose.

J'avais l'impression de n'avoir jamais eu autant besoin de courage et de confiance en moi qu'à ce moment-là. Debout au beau milieu de la clairière, entourée des bêtes les plus redoutables que j'avais vues de ma vie, courage et confiance étaient deux choses que je ne possédais pas.

Parler pouvait soit me sauver la vie, soit entraîner ma perte. J'ignorais quoi faire. Mais j'avais l'impression que rester silencieuse n'était plus une option. Je devais courir le risque.

Ma seule lueur de confiance était le sentiment qu'ils n'étaient pas entièrement certains de ce qu'ils attendaient de moi non plus. Manifestement, ces créatures étaient superstitieuses, et pour une raison quelconque, ils me considéraient comme une sorte d'augure. J'ai soudain réalisé qu'ils ne devaient pas savoir à quoi s'attendre de moi. Après tout, je venais de tomber du ciel dans leur cratère, ce n'est pas comme s'ils attendaient mon arrivée. Par chance, j'étais tombée au bon moment. Dans d'autres circonstances, Dieu seul sait ce qu'ils auraient fait de moi.

Je devais au moins feindre une certaine assurance et jouer le jeu. Sinon, ils seraient susceptibles de découvrir que j'étais un imposteur.

Relevant ma robe pour m'avancer, j'ai marché jusqu'au dragon le plus près de moi et tendu la main vers lui. J'ai pressé la paume contre la sienne, prenant un air sérieux et concentré comme si je savais ce que je faisais. Puis j'ai regardé le dragon.

– J'aimerais visiter le royaume.

Je me suis surprise à prendre un accent anglais. Sans doute m'étais-je dit que j'aurais l'air plus noble ainsi. Après tout, je n'étais pas Rose Novak, la simple et faible humaine, mais la jeune fille du feu.

Le dragon qui avait dirigé le chant a hoché la tête.

– Charis, a-t-il dit, observant le métamorphe que je venais de toucher. Tu l'as entendue. Veille à ce que l'humaine ait ce qu'elle demande et qu'elle soit satisfaite. Nous ne voudrions pas lui déplaire.

Me jetant un dernier coup d'œil, le chef a fait signe aux autres de le suivre et ils ont tous décollé, me laissant seule avec Charis.

Il s'est retransformé en dragon et a tendu la patte pour que je monte dedans. Je me suis demandé ce que je pourrais réclamer sans éveiller ses soupçons. Il allait refermer les doigts autour de moi quand j'ai tapoté son poignet épais. Ses écailles étaient épaisses comme une armure, et il ne l'a pas senti. Je devais parler.

– Je préfère voyager sur ton dos que dans ta

paume, ai-je dit, forçant un ton assuré.

Sans hésiter, il m'a hissée sur ses épaules. Je me suis accrochée à sa nuque et il s'est envolé. Mon cœur martelait dans ma poitrine alors qu'il a volé de plus en plus haut, jusqu'à ce que le puits ne soit plus qu'une tache parmi un paysage verdoyant et époustouflant. Plissant les yeux, j'ai vu au loin une chaîne de montagnes d'où s'échappait de la vapeur. *Des volcans ?*

Jamais je n'aurais imaginé que les dragons habitent un endroit aussi vert. Je m'attendais plutôt à un royaume calciné et sans vie. Sans doute réservaient-ils leur feu à leurs ennemis.

Je comprenais maintenant où les dragons vivaient – il n'y avait pas de bâtiments, que des cavernes creusées dans les montagnes, semblables à celle où j'étais tombée. Entre les vallées se trouvaient des lacs scintillants et des magnifiques jardins fleuris.

Mais je ne voyais pas la plupart des détails que Charis me montrait alors que nous volions. J'étais trop occupée à me demander comment utiliser cette situation à mon avantage avant qu'il ne soit trop tard. Je ne savais pas s'ils découvriraient que je n'avais rien de prophétique, mais je devais sortir d'ici avant qu'ils s'en rendent compte.

Quand soudain, j'ai pensé à Bella.

« Où sont gardés les ennemis ? » ai-je demandé.

Il a ralenti et a volé en direction contraire. Il a pointé du menton ce qui m'a semblé être une gigantesque fosse au centre d'une vallée. Bientôt, nous planions directement au-dessus. On aurait dit une carrière. Ses parois étaient hautes et escarpées – mesurant environ cent mètres, bien trop profond pour qu'un ogre puisse en sortir. Il y en avait une cinquantaine au fond. Je me suis demandé s'ils étaient tous des prises du jour.

« Descends plus bas, » ai-je ordonné.

Charis a obéi. Je lui ai demandé de voler de plus en plus bas, jusqu'à ce que je distingue les visages dans la foule. Bella n'était pas là. En fait, je ne voyais pas la moindre ogresse.

Peut-être qu'elle avait déjà été tuée. Je ne la connaissais pas depuis longtemps, mais je ne pouvais pas m'empêcher de me sentir morose. J'aurais voulu la voir vivre une vie plus heureuse, mais je ne savais pas comment la lui offrir. J'aurais aimé qu'elle ne finisse pas dans l'estomac d'un dragon.

– Où va-t-on maintenant ? a demandé Charis,

traversant mes pensées.

Que dirais-tu de… retourner au royaume humain ?

J'étais tellement tentée de le dire tout haut, mais je doutais qu'il obéisse à cette requête. Je devais tout de même essayer. J'étais au moins en meilleure position maintenant qu'au royaume des ogres, cloîtrée dans une chambre.

« Tu préfères peut-être te reposer ? » a demandé Charis, attendant ma réponse.

– Oui, ai-je dit. J'aimerais ça.

Au moins, j'aurais le temps de penser à la façon d'aborder le sujet.

Dès que j'ai prononcé les mots, il a piqué vers la vallée et plané jusqu'à l'entrée d'une caverne sur le pan d'une montagne particulièrement large. Il a atterri à l'intérieur, replié les ailes, puis m'a aidée à descendre de son dos. Je me suis avancée dans la caverne.

– Par ici.

La voix qui avait parlé était moins rauque et profonde que quelques instants auparavant. Quand j'ai pivoté, j'ai vu que Charis avait repris sa forme humaine.

Il a marché devant moi, m'entraînant dans la

caverne. Je n'ai pas pu m'empêcher d'admirer la beauté de son corps. Il semblait glisser même lorsqu'il marchait. Tous ses membres bougeaient à un rythme parfait, ses muscles lisses ondulant sous sa peau basanée.

La lumière du soleil est devenue de plus en plus faible jusqu'à ce que Charis s'arrête et pointe le fond de la cave. J'ai été surprise de voir un lit, dont la base semblait faite d'argent, avec une sorte de peau animale en guise de couverture. À part le lit, il n'y avait pas beaucoup de meubles dans la pièce. C'était plutôt sobre.

« Le dragon qui vivait ici avant est mort au combat. Voici donc ta nouvelle demeure. Erisard demandera à ce que personne ne te dérange. Pour que tu puisses dormir en paix. »

Erisard. Je me suis dit que c'était sans doute le dragon qui dirigeait le chant.

– Erisard est votre chef ? ai-je demandé alors qu'il s'apprêtait à partir.

Charis a hoché la tête.

– Notre roi.

– Oh… Et toi ?

Il m'a regardée curieusement. Je me suis sentie

nerveuse, me demandant soudain si en tant qu'oracle, il s'attendait à ce que j'en sache plus sur eux.

– Je fais partie de son conseil. Nous sommes sept en tout, incluant le roi en personne. Tu nous as tous rencontrés pendant un rituel.

– Je vois… Et, comme vous m'avez acceptée comme cadeau, qu'avez-vous l'intention de faire de moi ?

– Tu resteras avec nous et seras traitée avec respect.

J'ai dégluti, me préparant mentalement à sa prochaine réponse.

– Comme Erisard a aussi dit que je devais être satisfaite, puis-je te demander une faveur ?

– Quoi donc ?

Je devais cracher le morceau. J'espérais que le pire qui puisse arriver était un refus.

– Je dois retourner au royaume humain.

Il est resté silencieux un moment, puis à ma surprise, il a opiné. Mais mon soulagement n'a duré que quelques secondes, car il a ajouté : « Je peux t'y escorter, mais tu dois comprendre que je devrai te ramener ici. Car un cadeau doit être conservé, pas abandonné. Tu fais partie des nôtres, désormais. »

Chapitre 23 : Rose

Bien que les paroles de Charis m'aient refroidie, je n'allais pas abdiquer aussi facilement. Je n'avais pas le choix. Je devais retourner au royaume humain, même si je devais le faire sur le dos d'un dragon géant.

Il m'a questionnée à propos de ma visite sur Terre. Je lui ai dit que je devais retrouver un vieil ami et l'aider à sortir d'une situation difficile. Le dragon a disparu pendant un moment, me laissant seule dans la caverne pour discuter de ma requête avec Erisard. À mon soulagement, il est revenu m'informer que son roi avait accepté.

Ensuite, j'ai dû lui expliquer comment nous y rendre. Nous devions emprunter le portail dans le royaume des ogres, car il nous mènerait directement sur l'île où j'avais laissé Caleb et Annora. Il restait à voir s'ils étaient encore là-bas. Je ne pouvais pas croire que Caleb ait quitté l'île sans moi, mais Annora était sournoise ; elle aurait pu lui jouer un tour pour l'en convaincre. Quoi qu'il en soit, notre premier arrêt serait l'île. Elle était immense, mais les oreilles de Caleb capteraient facilement les rugissements du dragon et mes cris.

L'autre possibilité était que Caleb ait pris la mer sur le bateau qu'il construisait. Mais je doutais qu'il ait pu aller bien loin sur cette embarcation primitive. Avec un peu d'espoir, nous pourrions le retrouver sur l'océan si nous faisions assez de bruit.

Si Caleb n'avait pas été un vampire, j'aurais été beaucoup plus sceptique à l'idée de le retrouver. Mais j'étais sûre qu'en y mettant du nôtre, Charis et moi le retrouverions.

J'ai dit au dragon que je voulais partir immédiatement, et il a accepté. Grimpant sur son dos et empoignant les écailles de sa nuque, mon estomac s'est noué lorsqu'il a décollé. Je lui avais dit que je voulais accomplir la tâche le plus tôt possible et il le prenait à cœur. Sa vitesse me coupait le souffle.

Nous avions presque atteint la côte quand un cri a attiré mon attention. Une voix familière.

– Attends, ai-je dit, serrant les jambes contre le cuir du dragon bien qu'il soit tellement dur que je doute qu'il l'ait senti.

Il a ralenti et j'ai balayé le paysage à la recherche de la source du bruit. Puis je l'ai vu. Un dragon en pleine transformation acculant une ogresse à la paroi d'une caverne.

C'était Bella.

« Je veux cette ogresse, ai-je dit. Je veux qu'elle vienne avec nous. »

Quand il a hésité, je me suis demandé si j'avais enfin découvert jusqu'où ces créatures iraient pour satisfaire mes désirs. Mais il a piqué dans le ciel, planant à toute vitesse vers l'entrée de la caverne. Atterrissant avec un bruit sourd qui a semblé faire trembler la montagne en entier, il s'est intercalé entre Bella et le dragon qui s'apprêtait à bondir sur elle.

– Trouve-t'en une autre, a-t-il marmonné au dragon en tirant Bella vers lui.

– Bella ! ai-je hélé.

Son visage perlé de sueur s'est illuminé lorsqu'elle m'a vue, la panique laissant place au soulagement.

« Viens. »

Je voyais à son bras droit ensanglanté qu'elle était blessée.

L'autre dragon n'a pas eu le temps de protester quand Charis – bien qu'avec réticence – a aidé l'ogresse à grimper sur son dos. Bella s'est assise à côté de moi et j'ai dû me déplacer pour éviter d'être écrasée par son corps massif. Une fois qu'elle a été installée confortablement, Charis a redécollé.

Alors que nous quittions ce royaume bizarre, retournant chez les ogres, j'ai prié qu'il ne soit pas trop tard.

Chapitre 24 : Annora

La soif de Caleb pour mon sang ne cessait de s'intensifier – ce qui était prévisible. Alors qu'une fine bruine tombait sur le bateau, nous nous sommes assis à l'abri. Il avait passé un bras autour de moi et aspirait le sang par mon poignet. J'ai dégagé les mèches de son front de ma main libre. Il a à peine bronché. Je remarquais que plus les heures passaient, moins il se rebiffait quand je le touchais avec tendresse. J'espérais que c'était le signe qu'il revenait vers moi.

Mais je commençais à m'impatienter. J'avais été privée de lui trop longtemps. J'aurais tout donné pour qu'il me regarde, même une fois, avec une once d'affection. Pour qu'il me serre dans ses bras. Pour sentir ses lèvres sur les miennes.

Quand il a reculé, j'ai attrapé un chiffon et essuyé le sang sur sa bouche. Il s'est calé au fond du siège, fermant les yeux et gémissant. Avant qu'il puisse protester, je me suis assise sur ses genoux et j'ai refermé mes bras autour de son cou. Pressant ma joue contre la sienne, je lui ai murmuré à l'oreille :

– Nous serons bien, Caleb. Nous nous retrouverons. Nous avons seulement besoin de temps.

Il n'a pas accueilli mes avances avec chaleur, mais il ne m'a pas non plus repoussée tout de suite, réaction à laquelle je m'attendais un peu. Je me suis aventurée à poser les lèvres dans son cou, et à les remonter sur sa peau jusqu'à sa joue. Il a tourné la tête de l'autre côté. J'ai levé ma paume ensanglantée tout près de son visage. Il avait les yeux fermés. J'ai tapoté du sang sur mes lèvres et me suis penchée en avant pour atteindre sa bouche.

Il a serré la mâchoire, son corps se raidissant comme pour tenter de résister à mon contact. Mais tandis que je pressais ma bouche plus fort contre la sienne, il a commencé à répondre – même s'il se contentait de lécher le sang, c'était comme s'il me caressait. Et à ce moment-là, c'était tout ce qui m'importait.

Ses crocs ont attrapé ma lèvre inférieure, l'entaillant. Ses lèvres se sont écrasées contre les miennes alors qu'il aspirait plus de sang, mon odeur semblant le rendre à nouveau fou. Il a resserré son emprise autour de moi. Je me suis penchée en arrière, l'entraînant avec moi sur le plancher du pont avant d'enlever ma jupe. Il était si absorbé par mon goût qu'il n'a même pas semblé remarquer que j'étais nue. J'ai enroulé mes jambes autour de sa taille, le tirant vers moi.

Mes yeux se sont remplis de larmes en pensant à toutes ces fois où j'aurais pu le faire mien. Toutes ces années où Rose Novak n'existait pas. Quand nous étions seuls, lui et moi, dans ce grand château, sans interruption. Sans distraction. *Si seulement je l'avais désiré alors autant que je brûle de désir pour lui maintenant.* Je ne serais pas dans cette situation, à devoir employer la ruse pour qu'il veuille de moi. Il aurait voulu de moi de tout son cœur.

Mais j'aurais beau me lamenter sur mes

agissements, je ne pouvais pas défaire le passé. Je devais seulement profiter au mieux de la situation présente.

Il a desserré son emprise sur ma lèvre pour reprendre son souffle. J'ai souri faiblement quand ses yeux noirs et brumeux ont croisé les miens. Il a baissé à nouveau la tête et planté ses crocs dans mon cou, cette fois.

J'ai cambré le dos, guidant ses mains vers le creux de mes reins.

« Continuons notre histoire, » ai-je dit doucement, frottant mes lèvres contre son lobe d'oreille.

Je n'étais même pas sûr qu'il comprenne les paroles que je prononçais tant il semblait dans le brouillard. Mais soudain, il s'est raidi. J'ai eu peine à croire ce qui se passait quand il a retiré ses crocs et posé un long baiser langoureux à la base de ma gorge. Mon cœur a chaviré. J'avais du mal à contenir la joie que son geste avait fait naître en moi.

Puis il a murmuré quelque chose. Mais sa voix était si étouffée que je n'arrivais pas à comprendre ses mots.

« Qu'as-tu dit, mon amour ? » ai-je demandé

haletante.

Il a répété. Un mot court, une seule syllabe. Plus clairement cette fois, mais pas assez pour que j'accepte de croire ce que j'avais cru entendre.

La troisième fois, il n'y avait plus d'ambiguïté.

– Rose, a-t-il chuchoté d'une voix rauque.

Tout mon corps s'est figé à son contact. Ma poitrine brûlait.

J'ai agrippé ses cheveux, relevant vivement sa tête.

– Non, ai-je sifflé. Annora.

Ses yeux étaient fermés. Il ne me regardait même pas.

Il a plongé à nouveau et pris mes lèvres cette fois, les embrassant avec une passion et un désir que je n'avais pas sentis depuis la première fois qu'il m'avait embrassée. Ce baiser m'aurait enflammé tout le corps s'il ne l'avait pas conclu par ce même mot affreux et détestable. « Rose. »

– Arrête de dire son nom, me suis-je emportée, des larmes commençant à rouler sur mes joues. Arrête de le dire. Elle est morte.

Il a secoué la tête en frottant ses pouces contre mes joues, ses doigts enfoncés à la racine de mes cheveux, tandis qu'il me mangeait le visage de baisers. Alors qu'il allait de nouveau goûter mes lèvres, il s'est figé. Ses yeux se sont ouverts brusquement. À ma grande surprise, ils n'étaient plus noirs. C'était comme si la brume obscure qui les recouvrait se levait devant mes yeux et qu'ils retrouvaient leur couleur chaude et brune. Il s'est essuyé la bouche, m'a repoussée et s'est éloigné de moi en titubant, une expression de confusion sur le visage.

– Rose, a-t-il déclaré – et ce n'était plus un murmure. J'entends…

Il s'est interrompu alors qu'il sortait de notre abri et il a levé les yeux au ciel où pointait l'aurore.

– Quoi ? l'ai-je pressé, le suivant sur le pont. Caleb, chéri, elle est morte. Tu as incinéré son corps. Tu as une hallucina…

Au-delà des nuages de pluie, le soleil ne s'était pas encore levé au-dessus de l'horizon. Mais le ciel était suffisamment clair pour voir, même à travers la bruine. Ma mâchoire s'est décrochée tandis que je suivais le regard de Caleb. Il fixait ce qui ressemblait à un oiseau géant, volant au loin dans notre direction.

À cet instant, même moi, je pouvais entendre un cri faible porté par les vagues, soudain suivi d'un rugissement à glacer le sang.

Non.

C'est impossible…

Et pourtant si.

À mesure que l'oiseau approchait, il est devenu de plus en plus évident qu'il s'agissait d'une tout autre créature. C'était un dragon – bête dont l'existence n'était pour moi qu'une rumeur. Les deux silhouettes sur le dos de la créature devenaient de plus en plus visibles à chaque battement d'ailes. Une silhouette large et épaisse qui ressemblait beaucoup à une ogresse, et à côté d'elle, une silhouette plus petite et plus fragile avec de longs cheveux noirs.

Rose Novak.

Mes yeux se sont tournés vers Caleb. L'expression de son visage alors qu'il fixait le ciel m'a brisé le cœur en mille morceaux.

Tous mes plans, tous mes efforts pour que Caleb soit de nouveau à moi n'avaient servi à rien. J'avais essayé de tuer Rose, pourtant elle était là, comme ressuscitée d'entre les morts.

J'avais cru être si près de le récupérer, mais à ce moment-là, je savais que je m'étais menti à moi-même. J'avais refusé d'admettre la vérité, flagrante depuis le jour où il m'avait abandonnée dans la grotte pour partir avec elle.

Je l'avais perdu.

Et je ne pourrais jamais le récupérer.

J'arrivais à peine respirer tant la jalousie et le chagrin m'étouffaient.

Quand le dragon s'est approché à quelques dizaines de mètres de nous, j'ai vu rouge.

Si je ne peux pas avoir Caleb, alors personne ne l'aura.

Chapitre 25 : Rose

J'avais trouvé bien mieux que la fiente d'oiseau pour surprendre Annora cette fois.

Charis avait volé en cercle autour de l'île, rugissant quand Bella et moi nous étions mis à crier le nom de Caleb. Nous volions au ras des arbres, donc nous aurions entendu sa réponse s'il s'était trouvé sur l'île. Nous en avions conclu qu'il était parti avec le bateau – puisqu'il n'était plus sur la plage où il l'avait construit.

J'avais raison en disant qu'Annora et Caleb n'avaient pas pu aller bien loin sur cette embarcation primaire. La vitesse de vol du dragon nous avait permis de faire de larges cercles autour de l'île, nous en éloignant de plus en plus afin de chercher dans toutes les directions. Néanmoins, il nous avait fallu plusieurs heures pour les repérer.

Mon estomac s'est retourné quand Charis a plongé en piqué sur le bateau.

S'il te plaît, sois vivant, Caleb.

J'avais espéré qu'il ait déjà abandonné Annora quelque part. Aussi, je n'ai pas pu cacher la panique qui m'a saisie quand elle a surgi sur le pont, nue et ensanglantée, quelques secondes après Caleb. Mais même si je l'avais voulu, je n'arrivais pas à fixer mon attention sur Annora. Je regardais le visage hagard de Caleb.

– Caleb ! ai-je crié.

Il m'a regardée au début comme s'il voyait un fantôme, mais ensuite le soulagement a détendu ses traits, puis son visage s'est illuminé en me voyant. J'aurais aimé qu'il soit plus près pour que je puisse voir ses yeux briller.

Ma joie s'est transformée en horreur quand j'ai détourné le regard vers Annora. Elle s'était baissée et ramassait ce qui ressemblait à une lance en métal, pointue. Au début, j'ai cru qu'elle allait me viser, mais ensuite elle s'est placée derrière Caleb et elle allait lui planter dans le dos pour transpercer son cœur.

« Non ! » ai-je hurlé.

Si Caleb s'était baissé ne serait-ce qu'une fraction de seconde plus tard, la lance aurait sans doute atteint sa cible. Maintenant que nous nous trouvions tout juste au-dessus du bateau, j'étais trop impatiente pour attendre que Charis descende plus bas. J'ai sauté de son dos et atterri sur le pont au moment où Caleb projetait Annora au sol d'un croc-en-jambe. Ramassant la lance, il a rampé sur elle et l'a pressée contre son cou.

Ses yeux brasillaient de fureur tandis qu'il la toisait.

– J'aurais dû le faire bien plus tôt, a-t-il craché.

– J'arrive, madame Rose !

J'ai levé les yeux vers l'ogresse.

– Non, Bella ! Ne saute pas !

Je ne savais pas comment l'ogresse pouvait penser que s'écraser de tout son poids sur le minuscule bateau allait nous aider en quoi que ce soit, mais il était trop tard. Au moment où ses pieds ont atterri sur le pont, nous avons tous les trois – Caleb, Annora et moi – été projetés par-dessus bord et sommes tombés à l'eau.

Engloutie par les eaux glaciales, j'ai agité les pieds de toutes mes forces pour remonter à la surface. J'ai regardé autour de moi, essayant de repérer Caleb. J'allais me retourner pour voir derrière moi quand des mains ont saisi ma tête et m'ont fait couler à nouveau.

Il ne m'a pas fallu longtemps pour deviner à qui elles appartenaient.

J'ai enfoncé mes ongles dans les doigts d'Annora jusqu'à ce que je sente sa chair partir en lambeaux. Elle a été forcée de lâcher prise et je suis remontée avaler une bouffée d'air. Avant que je puisse l'attraper à nouveau, elle s'était hissée sur le bateau. Elle a saisi la lance qui s'était logée dans un filet accroché au bord de la coque. J'ai reculé quand elle a sauté dans l'eau, brandissant l'arme.

Elle s'est jetée sur moi, le visage déformé par la rage. Cette fois, elle a réussi à m'attraper le bras et à me tirer vers elle. J'ai gémi quand la pointe de la lance a percé la peau de mon abdomen.

J'ai entendu un grand splash, et le bruit de la chair qu'on tranche.

Pendant un moment, j'ai cru qu'Annora avait fini par m'avoir. Mais la lance qu'elle tenait est tombée. Elle a lâché mon bras. Ses yeux se sont écarquillés et ont roulé dans leur orbite en se révulsant.

Ses lèvres se sont ouvertes et du sang en a jailli.

J'ai levé les yeux et j'ai vu Charis qui planait au-dessus de nous. La pointe de sa queue était couverte de sang. Le sang d'Annora.

Le monstre a poussé un rugissement assourdissant et a piqué vers nous. Je pouvais à peine en croire mes yeux quand sa gueule s'est refermée autour du corps flasque d'Annora.

Il n'en a fait qu'une bouchée.

J'ai regardé l'eau ensanglantée où Annora se trouvait quelques secondes auparavant. Elle avait disparu. Comme ça.

La garce est morte.

Ma tête s'est mise à tourner. J'ai cramponné mon abdomen. Tout s'était passé si vite que je n'avais pas eu mal jusqu'à maintenant. Je ne savais pas si ma plaie était profonde, mais fouettée par l'eau salée, je me tordais de douleur.

– Rose !

Caleb était réapparu à côté du bateau et il nageait

vers moi. Il avait l'air soulagé au début, mais quand il est arrivé près de moi et qu'il a vu le sang sur mes mains, son visage s'est crispé.

« Que s'est-il passé ? »

– Elle m'a transpercée, ai-je réussi à dire.

J'ai dégluti douloureusement tandis qu'il me prenait dans ses bras. Il m'a ramenée vers le bateau et m'a hissée sur le pont. Il a entaillé sa paume avec ses griffes et il a fait goutter son sang dans ma gorge avant d'examiner ma blessure.

– Elle n'est pas profonde, a-t-il soupiré de soulagement. Dieu merci.

Il a pris mon visage entre ses mains et baissé la tête. Quand sa bouche s'est refermée autour de la mienne, sa langue écartant mes lèvres, j'ai oublié ma douleur au ventre. Le désir qui me brûlait la poitrine l'a totalement chassée. J'ai réussi à m'asseoir et, me penchant vers lui, je l'ai poussé contre le bord du bateau. Je lui ai rendu son baiser comme s'il était mon antidote. Il a gémi doucement, les muscles de sa poitrine se contractant sous mes doigts alors qu'il me serrait encore plus fort contre lui et m'embrassait avec passion.

Quand nous avons fini par nous séparer, j'ai baissé

les yeux pour constater que ma blessure avait guéri.

« Rose, a soufflé Caleb, m'emprisonnant toujours dans ses bras puissants. Tu n'as aucune idée de ce que j'ai… Je pensais que je t'avais perdue. »

J'allais lui demander ce qui s'était passé depuis que j'étais partie, quand le dragon a poussé un grondement d'impatience au-dessus de nous, me faisant clairement comprendre que ce n'était pas le moment de poser des questions. J'aurais pu rester dans ce bateau, enlacée à Caleb pendant des heures. Mais, saisissant la main de Caleb, je me suis levée en le tirant pour le redresser. Caleb a levé les yeux vers le dragon.

« Que diable t'est-il arrivé ? » m'a-t-il demandé.

Charis était trop près de nous pour que je puisse expliquer quoi que ce soit de sensé à Caleb pour le moment. J'ai secoué la tête.

– Eh bien, je me suis dit que c'était à moi de te sauver, pour une fois, ai-je marmonné.

Caleb a froncé les sourcils et a ouvert la bouche pour me questionner. Avant qu'il puisse parler, j'ai tiré son cou vers moi et j'ai pressé mes lèvres contre les siennes, le faisant taire. Puis je me suis reculée et j'ai chuchoté à son oreille : « Je ne peux pas t'expliquer maintenant. Fais-moi confiance, d'accord ? » Je me suis éclairci la voix et j'ai montré le dragon du doigt. « Voici Charis. Il va tous nous emmener loin d'ici. »

– Vers où maintenant ? a tonné le dragon.

– Vers une île qui s'appelle l'Ombre, ai-je répondu, aussi calmement que possible. Notre dernière destination avant que je rentre dans ton royaume, Charis.

Caleb a ouvert la bouche, abasourdi. J'ai posé un doigt sur ses lèvres.

« Fais-moi confiance, » ai-je répété dans un murmure.

Charis a plané plus près du bateau. J'ai grimpé sur son dos la première et me suis placée à l'avant, tandis que Caleb montait après moi, refermant ses jambes autour de mon corps tandis qu'il m'enveloppait de ses bras protecteurs. Bella s'est installée derrière nous.

Quand nous nous sommes élevés dans le ciel, la seule chose que je pouvais faire était de prier que Mona puisse nous aider à terrasser le dragon.

Chapitre 26 : Kiev

Je n'avais jamais visité le Sanctuaire. Erik et Abby non plus. Je ne savais même pas par où commencer à chercher Mona. Nous dépendions plus que jamais de l'instinct de Patricia. Mais une fois que nous trouverions Mona, je sentais que j'arriverais à la convaincre que tout ce qu'elle avait vu n'était qu'une illusion créée par un démon. Et une fois convaincue, elle serait suffisamment puissante pour nous faire tous sortir d'ici.

Il ne nous restait plus qu'à la trouver.

– Je suppose que l'endroit logique par où commencer est son ancienne maison en ville, a dit

Patricia. Quand je vivais ici, je me souviens qu'une autre famille s'y était installée, mais elle a dû déménager depuis…

Nous nous sommes accrochés à Patricia quand elle a disparu de la forêt, réapparaissant dans une rue pavée pittoresque bordée de plates-bandes fleuries.

« Vous devez vous tenir à moi, a rouspété la sorcière quand j'ai voulu la lâcher. Nous ne pouvons pas nous permettre de nous éloigner les uns des autres maintenant que nous sommes à l'intérieur du Sanctuaire. »

J'ai passé la main le long de son cardigan et je me suis accroché à son ourlet tandis que nous avancions. Nous sommes entrés par un portail ouvert à notre gauche, où nous avons vu deux petits garçons qui jouaient sur une pelouse verdoyante en face d'un bâtiment de deux étages d'un blanc immaculé, bordé de balcons. Un seul coup d'œil aux garçonnets a suffi pour nous faire comprendre qu'il n'y avait pas lieu d'enquêter plus loin. À l'évidence, Mona n'habitait plus ici.

Nous sommes ressortis par le portail pour retourner dans la rue.

– Ces deux sorcières, ai-je dit. Brisalia et Csilla

Adrius. Ce sont elles qui ont attiré Mona dans ce royaume. J'ai le sentiment qu'elles ne sont pas loin d'elle.

– Le palais des Adrius, a murmuré Patricia. Cela risque de poser des problèmes…

– Quel genre de problèmes ? a demandé Erik.

Patricia a poussé un soupir.

– Eh bien, depuis la mort d'Odelia, ils ont certainement renforcé la sécurité. Je ne sais pas s'il sera facile d'y entrer… Mais Kiev a raison. Si elle n'est pas dans son ancienne maison, c'est l'endroit le plus probable où elle pourrait se trouver. On peut toujours essayer.

– Alors, allons-y, ai-je déclaré, saisissant le bras de Patricia.

– Accroche-toi, Abby, a dit la sorcière avant que nous nous évanouissions tous pour réapparaître dans une autre ruelle pavée. Seulement cette fois, nous nous trouvions devant un portail monumental.

« Je n'ai pas pu nous faire apparaître de l'autre côté, » a murmuré Patricia.

– Mince, ai-je juré.

Je me suis approché du portail et j'ai saisi les grilles à deux mains, ignorant le conseil de Patricia de rester accroché à elle en permanence.

J'ai observé à travers les grilles le palais céleste perché au sommet de la colline. *Quelque part entre ces murs se trouve Mona, j'en suis sûr.* L'idée me rendait fou.

Patricia a saisi mes bras et les a remis autour d'elle. J'ai jeté un coup d'œil aux mages vêtus de tuniques noires qui patrouillaient sur le terrain. Des gardes, ai-je songé. La ruse par laquelle nous avions réussi à nous échapper de la plage ne serait pas aisément reproductible ici.

– Mona ! s'est soudain exclamée Patricia.

La force de sa voix m'a alarmé étant donné la proximité des gardes derrière le portail.

– Hein ?

Je me suis retourné et j'ai été frappé par la silhouette familière d'une femme blonde qui marchait au loin, en compagnie d'un homme aux cheveux longs.

« Hé ! Mo— ! » ai-je voulu crier, mais ma voix s'est brisée. Quand j'ai essayé de crier à nouveau, je n'avais plus du tout de voix.

Je me suis élancé pour piquer un sprint, mais j'ai avancé de quelques centimètres à peine quand une douleur aiguë m'a transpercé les reins, comme si j'avais été touché par une balle, et mes jambes se sont affaissées sous mon poids.

Quand je suis tombé, j'ai vu avec effroi Patricia — qui n'était plus invisible — être saisie par le bras par un sorcier vêtu de noir. Deux autres gardes s'approchaient de moi et, regardant mon corps, j'ai réalisé que le sortilège d'invisibilité ne me protégeait plus non plus. Ils ont agrippé mes bras et m'ont traîné, et avant que je puisse regarder autour de moi pour localiser mon frère et Abby, les gardes nous avaient fait disparaître, Patricia et moi.

Chapitre 27 : Abby

Tout s'est passé si vite. À un moment, je voyais Mona marcher vers nous sur la route, et l'instant d'après, je me suis retournée et j'ai vu un garde s'envoler dans les airs et atterrir sur le sol avec Patricia, entièrement visible, dans les bras. Puis, quand Kiev a crié, ils ont réussi à lui jeter un sort et il s'est fait prendre lui aussi. Nous n'avions même pas remarqué les gardes qui s'approchaient de nous par-derrière.

Retenant mon souffle, je me suis jetée en arrière et j'ai regardé mes mains. J'étais toujours invisible. J'ai tourné la tête vers l'endroit où les gardes, Kiev et

Patricia se trouvaient quelques secondes auparavant pour constater qu'ils avaient disparu.

Non !

– Abby ?

Un chuchotement dans mon dos, à peine plus audible qu'un soupir. Erik.

– Oui, ai-je soufflé tout aussi bas.

J'ai senti sa main effleurer mon bras, qu'il a ensuite agrippé pour me plaquer contre le mur. Mona et son compagnon marchaient vers nous, apparemment inconscients de ce qui venait de se passer.

« Qu'est-ce qu'on va faire ? » ai-je chuchoté.

– Je pense que notre meilleure chance est Mona, a-t-il répondu après un silence tendu. Si nous pouvons entrer en contact avec elle, elle sera en mesure de nous aider à trouver Kiev et Patricia… où qu'ils aient été emmenés.

J'ai senti son corps frissonner à côté de moi.

– Crois-tu que nous devrions essayer de lui parler quand elle s'approchera ?

Nouveau silence.

– Non. Pas tant que cet homme sera avec elle. Nous devons essayer de l'attirer toute seule…

Sa voix s'est tue, car Mona et le mage se trouvaient désormais trop près de nous pour que nous puissions parler, même à voix basse, sans risquer d'être détectés.

La poigne d'Erik s'est resserrée sur moi tandis qu'ils passaient devant nous et atteignaient le portail. Mona a sorti une clé de sa robe et, déverrouillant la lourde grille, elle l'a ouverte en la poussant. Ma tête a failli se détacher de mon corps quand Erik m'a poussée brusquement en avant à une vitesse qui m'a coupé le souffle. C'était bien vu. Si nous avions attendu quelques instants de plus, les portes se seraient refermées devant nous, et verrouillées.

Erik a continué à me guider, en restant à une distance de sécurité du couple. Arrivés au pied de l'escalier, nous avons monté derrière eux les marches menant à l'entrée du palais. Je craignais qu'ils disparaissent à tout moment, nous plantant là, sans le moindre indice où trouver Mona. Mais en haut de l'escalier, nous sommes entrés dans un hall magnifique et j'ai commencé à espérer qu'ils aient envie de se dégourdir les jambes.

Nous avons gravi une succession d'escaliers. J'aurais été époustouflée par la magnificence des lieux si mon ventre n'était pas noué. J'étais reconnaissante à Erik de s'occuper de régler notre vitesse et notre distance par rapport au couple devant nous. À plusieurs moments, craignant de les perdre, je me suis approchée trop près d'eux et chaque fois Erik m'a tirée en arrière.

Enfin, nous avons atteint ce qui semblait être le niveau supérieur du palais et, en marchant le long d'un couloir, nous nous sommes arrêtés devant une porte en bois gravée. Mona l'a poussée et est entrée.

– Eh bien, Coen, on se voit plus tard, a dit Mona.

– J'ai hâte d'y être.

Coen a souri et repris le couloir en sens inverse.

Erik m'a poussée en avant une fois de plus, mais avant que nous puissions passer la porte, Mona l'avait refermée derrière elle.

– Attendons que le mage ait disparu, a soufflé Erik. Puis nous frapperons.

J'espérais que Coen se dépêcherait de se téléporter ailleurs, mais apparemment, appréciant l'exercice physique, il a marché d'un pas tranquille dans le couloir avant de redescendre enfin l'escalier menant à l'étage en dessous.

« Maintenant, » a soufflé Erik en s'approchant de

la porte.

Il a frappé doucement au début, puis plus fort, personne ne venant ouvrir. Des pas ont résonné. Erik respirait à peine quand la porte a grincé et s'est ouverte.

J'étais sûre qu'Erik avait profité de notre promenade dans le palais pour réfléchir à ce qu'il allait dire à Mona quand nous serions enfin seuls avec elle et qu'il s'apprêtait à déballer son discours.

Mais ce n'était pas Mona face à nous. C'était une sorcière aux cheveux noirs portant une chasuble bleu marine et un tablier blanc.

J'allais lui dire quelque chose, mais la main d'Erik s'est refermée sur ma bouche et il m'a tirée à l'écart de la porte. Nous avons reculé dans le couloir tandis que la domestique passait la tête dehors, regardant de gauche à droite d'un air perplexe.

Une fois la porte refermée, Erik a chuchoté : « nous ne pouvons pas risquer de faire confiance à ces sorcières. Nous devons trouver un moyen de parler directement à Mona. Nous allons attendre ici et l'aborder la prochaine fois qu'elle sortira seule. »

Épuisée par la tension, j'ai glissé le long du mur et me suis assise par terre.

– D'accord, ai-je dit. J'espère que c'est juste une question de temps.

La hanche d'Erik a effleuré la mienne tandis qu'il s'asseyait à côté de moi.

– Et espérons que ce sortilège d'invisibilité que Patricia nous a jeté ne s'évanouira pas de sitôt…

Chapitre 28 : Kiev

Qui était cet homme qui marchait à côté de Mona ?

Je ressassais cette question quand ma vision s'est ajustée et que j'ai réalisé que nous étions dans une sorte de chambre souterraine, sombre et humide. Un cachot, ai-je songé quand l'un des mages vêtus de noir a ouvert une porte et nous a poussés à l'intérieur, Patricia et moi.

Je me suis jeté contre la porte, mais pas assez vite. Elle s'est refermée en cliquetant et j'ai eu beau essayer d'écarter et de tordre les barreaux, ils n'ont pas bougé d'un poil. Manifestement ensorcelés pour résister à la force d'un vampire.

J'ai saisi Patricia par les épaules.

– Essaie de nous faire sortir d'ici.

Elle a levé les paumes en direction de la porte. Rien ne s'est passé. Ses épaules se sont affaissées.

– Ils m'ont enlevé mes pouvoirs.

– Non ! ai-je hurlé, frappant le mur des poings.

J'ai scruté le couloir de l'autre côté des barreaux. Les gardes avaient déjà disparu. J'ai parcouru des yeux les cellules alentour. Au premier coup d'œil, elles semblaient toutes vides… sauf celle à quatre portes de la nôtre. Un homme aux cheveux roux était assis contre les barreaux et me fixait.

Efren. Je l'ai reconnu tout de suite. Comment aurais-je pu l'oublier ? Il avait déjà failli me tuer. Il avait l'air aussi surpris de me voir que je l'étais de le voir. C'était un sorcier noir. Je me demandais bien comment il avait pu pénétrer dans le Sanctuaire.

– Qu'est-ce que tu fais ici ? a-t-il craché.

J'ai ignoré cette ordure et je me suis retourné vers Patricia. Elle scrutait par les barreaux une cellule sur notre gauche, à cinq portes de la nôtre.

– Corrine ? a-t-elle murmuré.

J'ai laissé échapper un petit cri. Elle avait raison. J'avais balayé les environs trop vite pour les repérer la première fois, mais maintenant je voyais bien, tout au fond de la cellule, Corrine et Ibrahim adossés au mur – visiblement inconscients.

– Corrine ! ai-je crié.

– Elle ne se réveillera pas de sitôt, a ricané Efren.

– Que leur est-il arrivé ? a demandé Patricia, agrippant si fort les barreaux que ses phalanges étaient devenues blanches.

– Ils créaient des problèmes, d'après ce que j'ai entendu dire un des gardiens. Ils ne s'habituaient pas à la nouvelle vie que les Adrius voulaient qu'ils adoptent. Alors ils les ont endormis.

Patricia m'a regardé, horrifiée.

– Ils ont dû se faire prendre… ce qui veut dire que pendant tout ce temps, personne ne cherchait Rose.

Avant que je puisse répondre, une sorcière à la chevelure blonde flottante est apparue directement devant notre cellule, accompagnée d'un des gardes qui nous avaient enfermés ici. Elle a levé les sourcils en nous regardant.

« Brisalia, » a soufflé Patricia.

Alors, c'est elle la garce.

– Savons-nous comment ils sont entrés dans le royaume ? a demandé Brisalia au garde à voix basse, ignorant Patricia.

Le mage a secoué la tête.

– Pas encore.

– Hmm.

Elle s'est approchée plus près, ses yeux glacials errant du visage de Patricia au mien, avant de se tourner à nouveau vers le garde.

« Bon, on ne peut pas les garder ici. »

– Que proposes-tu ?

– Nous devons nous débarrasser d'eux.

Elle parlait comme si nous n'étions pas présents dans la pièce.

– Les bannir de l'île ?

– Oh, non, a-t-elle dit avant de faire une pause, sous le regard interrogateur du garde. Ils ont réussi une première fois à trouver le chemin jusqu'ici. Nous ne pouvons pas risquer que ça se reproduise. Tu sais ce qui se passerait si Mona le découvrait. Nous devons trouver une solution plus… définitive.

– Quoi ?

Elle a regardé le mage d'un air songeur avant de répondre.

– Envoie-les à Hagatha. Il est temps qu'elle reçoive quelques visiteurs…

Chapitre 29 : Abby

Chaque fois qu'une sorcière passait dans le couloir devant nous, j'avais peur que le sortilège d'invisibilité de Patricia cesse d'agir. Dieu merci, il nous protégeait encore.

La position assise sur le sol est devenue inconfortable au bout de quelques heures. Ni Erik ni moi n'avions parlé durant tout ce temps. Nous nous étions contentés de tendre l'oreille, guettant avec espoir le signe que Mona sortirait de l'appartement. Mais nous n'avions encore rien entendu qui nous le laisse croire.

– Erik, ai-je murmuré en me levant, j'ai besoin de

me dégourdir les jambes.

– Moi aussi.

Il s'est levé en même temps que moi et j'ai senti qu'il me prenait la main à nouveau.

« Nous ne pouvons pas nous permettre de nous perdre. »

– Et nous ne devons pas non plus aller trop loin, ai-je dit.

Nous nous sommes mis à déambuler lentement le long du couloir sans fin. Quelque chose dans la façon dont nous marchions ensemble m'a rappelé mes promenades avec Ben.

Ben.

J'espérais qu'il allait bien. Il avait été effrayant de voir à quel point sa transformation l'avait ravagé. Puisque ses parents n'avaient pas voulu que quiconque lui rende visite avant qu'ils aient compris ce qui n'allait pas chez lui, la dernière fois que je l'avais vu, c'était quand il s'était échappé de l'appartement et qu'il avait plongé dans la mer. La façon dont il m'avait regardée… c'était comme s'il me reconnaissait à peine.

Kiev ne savait pas que la principale raison pour laquelle j'avais voulu participer à cette expédition au Sanctuaire était de me sortir Ben de la tête.

J'ai repensé à notre dernière rencontre avant qu'il devienne un vampire. Nous faisions notre promenade habituelle avec Ombre. Je ne savais pas vraiment pourquoi, mais avec sa transformation imminente, quelque chose me poussait à lui avouer mes sentiments. Peut-être avais-je senti qu'il serait différent après sa transformation et je voulais laisser parler mon cœur alors qu'il était encore le Ben que je connaissais. Quoi qu'il en soit, alors que nous approchions de la forêt sur le chemin du retour aux résidences, j'avais glissé mes mains dans les siennes et je l'avais arrêté. Mais ensuite, quand j'avais ouvert la bouche pour parler, la peur m'avait paralysée. J'avais la gorge sèche et j'étais incapable de lui dire ce que j'avais sur le cœur. Je n'avais pas eu d'autre choix que de changer maladroitement de sujet et de lâcher ses mains alors que nous continuions à marcher.

Mais même si je n'avais pas réussi à m'exprimer, quelque chose dans son regard m'avait fait comprendre qu'il avait deviné ce que je voulais lui dire. À la façon dont je le touchais et dont mes joues avaient rougi… ça aurait été évident pour n'importe qui.

Ben n'était pas du genre à éviter les sujets délicats avec moi, aussi j'avais interprété le fait qu'il n'ait pas mis les pieds dans le plat et dit quelque chose comme un désaveu de ses sentiments pour moi. Il n'avait pas sauté sur l'occasion pour m'avouer son amour comme je l'avais espéré. Il n'avait pas passé un bras autour de ma taille ni ne m'avait attirée contre lui pour marcher enlacés dans les bois comme des amoureux.

Nous étions rentrés en marchant comme les bons amis que nous étions devenus.

Au moment où j'étais revenue à ma cabane dans les arbres, j'avais été soulagée de ne pas avoir vidé mon cœur. Parce que désormais, je savais que ma déclaration aurait mis Ben mal à l'aise. J'avais bien fait d'étouffer mes paroles dans l'œuf. Je l'aurais probablement embarrassé plus qu'autre chose…

– Tu entends ?

La voix d'Erik a traversé mes pensées, tandis qu'il me broyait la main.

« Quelqu'un monte les marches. »

On entendait des bruits de pas dans l'escalier à une dizaine de mètres. Erik m'a tirée d'un coup sec et nous sommes revenus à toute vitesse devant la porte de Mona, sur la pointe des pieds. J'ai jeté un œil vers l'escalier, d'où arrivait un homme – le même mage blond qui avait escorté Mona jusqu'ici un peu plus tôt.

Erik et moi nous sommes aplatis contre le mur quand il est passé devant nous et qu'il s'est arrêté devant la porte de Mona. Il a frappé trois coups vigoureux. La porte s'est ouverte et la même sorcière que j'avais vue plus tôt est apparue – j'ai supposé à sa tenue qu'elle était une domestique.

– Je viens chercher Mona, a dit le mage.

La bonne a disparu de nouveau dans l'appartement.

– Mona, a-t-elle appelé, Coen est revenu te chercher.

Mona s'est montrée quelques instants plus tard. Ses longs cheveux blonds tombaient dans son dos et elle portait une robe d'été blanche et fluide qui faisait ressortir son bronzage. Elle avait l'air plus pimpante que lorsque nous l'avions vue quelques heures auparavant.

À la seconde où elle est sortie dans le couloir, Erik m'a poussée en avant sans prévenir. Nous avons réussi à nous glisser dans l'appartement juste avant que la sorcière referme la porte derrière elle.

Nous sommes restés immobiles, osant à peine respirer, écoutant les pas qui s'éloignaient dans le couloir. J'ai balayé des yeux l'appartement somptueux pour localiser la domestique. On entendait des bruits de casserole dans la cuisine à quelques portes de là. Pour le moment, elle semblait occupée.

– Nous devrions chercher un endroit où nous cacher jusqu'au retour de Mona, ai-je chuchoté.

Nous avons avancé à pas feutrés de pièce en pièce avant de trouver celle qui était à l'évidence la chambre principale. Il y avait un peignoir sur le lit et des produits de beauté éparpillés sur la coiffeuse.

Erik m'a entraînée dans un coin de la pièce où se trouvait une grande armoire. Il a ouvert les portes. Elle était remplie de robes, mais il y avait encore assez de place pour qu'Erik et moi puissions nous asseoir. Je suis entrée la première et Erik m'a suivie, refermant doucement les portes derrière nous. Il y avait un petit trou de serrure par lequel nous pouvions faire le guet à tour de rôle, mais en principe, nos oreilles suffiraient pour sentir un mouvement dans la pièce.

J'ai poussé un soupir et j'ai chuchoté :

– Au moins, nous sommes idéalement placés pour réussir enfin à la voir seule.

Chapitre 30 : Rhys

Arielle est allée rendre visite à Lilith en mon nom pour l'informer que notre voyage sur l'Ombre devait être retardé. J'y serais allé moi-même, mais mes sœurs m'ont convaincu que je servirais mieux Lilith en restant au lit, utilisant ce temps pour récupérer.

Quand Arielle est revenue, elle avait une grosse balafre sur la joue que même Julisse a eu du mal à guérir. Visiblement, Lilith n'avait pas bien reçu la nouvelle.

L'attente que ma tante rapporte une nouvelle provision de mer-fin a sans doute été la plus pénible de toute ma vie. Chaque fois que ma porte grinçait, j'ouvrais les yeux en espérant voir Isolde entrer dans la pièce, tenant un pot d'écailles aigue-marine.

Quand ma tante est enfin revenue, je me suis précipité dans la salle des potions. J'ai attendu avec elle tandis qu'elle concoctait l'antidote, collé derrière son dos, l'aidant dans toute action pouvant accélérer le processus.

Quand la potion a pris une teinte brune, elle a rempli un gobelet et me l'a tendu. Je l'ai avalé d'un coup, bien qu'il me brûle la gorge.

– Verse-m'en un autre, ai-je dit.

Elle a froncé un sourcil.

– Rhys, il peut être dangereux d'ingurgiter deux doses espacées de moins d'une heure.

– Je veux prendre le risque, ai-je sifflé, la poussant pour remplir moi-même le gobelet.

J'ai pris deux doses toutes les heures jusqu'à la fin de la journée, et le soir, je me suis réjoui de la guérison accélérée de mes paumes.

Ce ne sera plus long, maintenant…

Chapitre 31 : Abby

Attendre dans ce placard étroit pendant des heures était un supplice. J'étais sûre qu'Erik souffrait plus que moi – ses jambes étaient plus longues que les miennes –, mais il m'a convaincue de ne pas nous risquer à sortir. Nous étions si près de pouvoir parler à Mona sans témoin que nous ne pouvions pas nous permettre de tomber sur la domestique.

– Tu as raison, ai-je marmonné, changeant de position pour la centième fois.

Je me suis penchée et j'ai regardé par le trou de la serrure. La chambre était sombre maintenant. La nuit était tombée. Je me suis redressée en priant pour que Mona ne tarde plus.

« Je me demande qui est ce mage… Coen. » Erik n'a pas répondu. J'ai tendu la main et touché son épaule. « Je suis désolée pour ton frère. »

Il a dégluti.

– Oui… Il va falloir le retrouver.

En retirant ma main, j'ai réalisé qu'elle était visible. J'ai poussé sur le côté les robes qui cachaient Erik. Je pouvais voir son visage tendu aussi, ses grands yeux noisette.

– Le sortilège a disparu ! ai-je gémi.

Il a grimacé.

– On a de la chance d'être entrés dans cette armoire avant.

– Tu… crois-tu qu'il est arrivé quelque chose à Patricia ?

– Je ne sais pas.

Je t'en prie, Mona. Dépêche-toi.

J'ai regardé par le trou de la serrure à nouveau comme si le geste accélérerait son retour. La chambre était toujours déserte.

Nous sommes restés silencieux pendant l'heure suivante. J'essayais de ne pas rester scotchée au trou de la serrure, ce qui ne faisait que rendre l'attente encore plus insupportable. Quand nous avons fini par entendre la porte s'ouvrir, Erik comme moi avons laissé échapper un long soupir de soulagement.

Je me suis penchée pour regarder par le trou de la serrure tandis qu'Erik était debout, l'oreille collée contre la porte de l'armoire.

Une lumière tamisée a éclairé la chambre quand Mona est entrée, suivie de Coen, qui la tenait par la main. À en juger par la façon dont ils chancelaient légèrement, ils étaient tous les deux pompettes.

– Eh bien, Coen. Merci pour cette soirée.

Il a levé sa main vers ses lèvres et lui a fait un baisemain.

– À ton service, a-t-il murmuré.

Ils sont restés ainsi, à se regarder pendant un long moment, puis Coen s'est approché lentement et a enlacé la taille de Mona. Il l'a attirée contre lui et a commencé à picorer sa peau de baisers, remontant doucement de la base de sa gorge jusqu'à ses joues. J'étais heureuse qu'Erik ne voie pas cela, car il se serait senti très mal pour son frère.

Si Mona ne semblait pas retourner les gestes d'affection de Coen, elle ne lui résistait pas non plus. Ce n'est que lorsque ses lèvres ont effleuré sa bouche qu'elle a écarté ses mains de son corps et s'est reculée. Les yeux baissés, elle a secoué la tête.

– Je… je ne peux pas.

Coen a reculé en s'excusant.

– Je suis désolé. Je comprends. Je ne sais pas ce qui m'a pris. Je m'en vais.

Elle lui a souri faiblement.

– Ce n'est rien. Bonne nuit, Coen.

– Bonne nuit.

Quand il a disparu, Mona a poussé un soupir. Elle a enlevé ses boucles d'oreilles, les a rangées dans un écrin sur sa coiffeuse et est entrée dans la salle de bain. Elle a ouvert l'eau et a pris une douche.

– Dès qu'elle revient, nous sortons de l'armoire.

À peine avais-je fini ma phrase que la domestique est entrée dans la chambre avec un plateau chargé d'une cruche en argent ciselé avec la timbale assortie. Elle l'a posé sur la table de chevet de Mona avant d'ouvrir ses draps pour préparer son lit.

Fichue femme de chambre.

Quand Mona est sortie de la salle de bain en chemise de nuit, les cheveux enveloppés d'une serviette, la bonne s'affairait toujours dans la chambre. Mon cœur s'emballait dès qu'elle regardait dans notre direction. J'étais terrifiée à l'idée qu'elle ouvre l'armoire.

Finalement, la domestique a tamisé les lumières quand Mona s'est glissée dans le lit et a niché sa tête au creux des oreillers de soie.

« Mona est couchée, ai-je soufflé à Erik. La bonne ne va pas tarder à s'en aller… »

Mais j'avais tort. Bizarrement, quand Mona a sombré dans le sommeil, la domestique a tiré une chaise dans un coin sombre de la chambre, juste en face de l'armoire où nous nous trouvions, mais dans un endroit où Mona ne pouvait pas la voir de son lit.

« Qu'est-ce qu'elle fiche ? » ai-je murmuré. J'ai pensé que la femme de chambre avait peut-être l'habitude de dormir ici avec Mona, mais elle ne montrait aucun signe de fatigue. Elle se tenait le dos droit sur sa chaise, les yeux grands ouverts – semblant fixer la coiffeuse au pied du grand lit de Mona. « Peut-être qu'on devrait se risquer à sortir. »

– Non, a dit Erik. Nous avons attendu tout ce temps pour voir Mona seule. On ne sait jamais, au moment où la bonne posera les yeux sur nous, nous pourrions très bien disparaître, comme ils ont fait disparaître mon frère.

Il avait sans doute raison, mais je ne savais pas combien de temps je pourrais rester dans ce placard avant que ma patience soit à bout. La domestique fixait toujours la coiffeuse. Je ne voyais pas ce qu'elle lui trouvait de si fascinant. Peut-être que cela lui reposait les yeux.

Ce n'est que lorsque la respiration de Mona est devenue plus profonde que j'ai compris.

Une substance pâle, semblable à de la fumée, s'est échappée de l'écrin posé devant le miroir, et alors qu'elle s'élevait plus haut dans les airs, j'ai réalisé avec horreur que la fumée prenait forme – la forme la plus hideuse que j'avais vue de ma vie. Elle se transformait en une créature fantomatique dotée de membres squelettiques, de dents pointues et d'ongles longs et noirs. Ses yeux ambre luisants m'ont fait frissonner de la tête aux pieds.

Ça doit être le démon.

J'ai dû étouffer un cri quand elle a plané au-dessus du lit de Mona et est descendue vers son visage. J'ai d'abord cru que la créature allait la réveiller, mais ses doigts ont touché son cuir chevelu, ils sont devenus transparents et ont disparu dans son crâne.

Elle continue à empoissonner son esprit, même

maintenant.

Mon regard a été momentanément attiré par la domestique dans le coin, qui a fini par se lever et sortir de la chambre. J'en ai déduit qu'elle avait simplement attendu que la créature se manifeste.

– Que se passe-t-il ?

La poitrine d'Erik a frotté contre mon dos tandis qu'il s'abaissait à mon niveau et m'attrapait par la taille. J'ai décalé ma tête pour qu'il puisse voir par lui-même. Quand il s'est reculé du trou de serrure, ses yeux étaient écarquillés d'horreur.

« D'où est sortie cette chose ? »

– De la boîte à bijoux sur la coiffeuse de Mona.

Il a jeté un autre coup d'œil par le trou de la serrure avant de se tourner à nouveau vers moi. Il avait le visage livide, les yeux noirs.

– Nous devons la tuer, a-t-il murmuré.

Chapitre 32 : Kiev

Patricia et moi avons à peine eu le temps de réagir que Brisalia avait disparu et plusieurs gardes étaient apparus à sa place. Ils ont ouvert la porte de notre cellule et nous ont traînés dehors.

Je me suis débattu de toutes mes forces, mais ils m'avaient jeté un sort qui me paralysait. Toute lutte était inutile. Mes membres étaient maintenus en place tandis que je lévitais, m'élevant du sol avec Patricia, prêts à être emmenés chez cette Hagatha, qui soit-elle.

La prison qui nous entourait s'est évaporée et nous avons réapparu dans une petite pièce sombre. Mon corps a été projeté contre un mur rugueux. J'ai cru avoir retrouvé le contrôle de mes membres quand j'ai heurté le sol. Je me suis redressé et me suis jeté sur le garde le plus proche, mais j'ai à peine eu le temps de faire quelques pas avant d'être violemment tiré en arrière par une chaîne qui s'était refermée autour de mon bras gauche et je me suis retrouvé attaché au mur. J'ai lutté pour me libérer, mais tout comme les barreaux de la prison semblaient dotés d'une force magique, ainsi étaient mes chaînes. J'avais beau tirer dessus comme un forcené, elles ne bougeaient pas.

Patricia se trouvait à ma gauche, recroquevillée au sol, un bras attaché au mur.

– Hagatha, a commencé à ânonner l'un des gardes, répétant ce nom en boucle d'une voix rauque. Il semblait réciter un mantra.

Je n'avais aucune idée de qui il invoquait. En dehors de moi, de Patricia et des gardes, la pièce était vide.

Après avoir prononcé ce nom pour la septième fois, j'ai entendu un bruit violent sur ma gauche. Je ne l'avais pas remarquée avant, mais maintenant je voyais, dans un coin sombre de la pièce, une étroite porte en chêne.

Le garde a souri en regardant ses acolytes.

« Elle est réveillée. »

– Tu crois qu'elle s'en sortira avec ce vampire ? a murmuré l'un d'eux.

– Bien sûr, a rétorqué un autre. Elle n'a pas été nourrie depuis des semaines.

– Alors, allons-y. Jason, reste dehors. Viens vérifier ce qui se passe ici dans une demi-heure. Les autres, nous rentrons. Brasilia veut un rapport circonstancié.

Ils sont partis par un escalier situé à quelques mètres et sont sortis par une trappe dans le toit. Le bruit sourd d'un verrou métallique se refermant a retenti dans toute la pièce.

Patricia tremblait de tous ses membres tandis que les coups contre la porte à notre gauche résonnaient de plus en plus furieusement. Au moment où j'ai cru que le bois allait céder, j'ai entendu un bruit sec. La porte s'est ouverte pour révéler une paire d'yeux rougeoyants enfoncés dans un crâne presque calciné. Des veines bleues et violettes saillaient sous la peau parcheminée de la créature, et son long corps squelettique lévitait dans les airs.

Hagatha.

Une démone.

J'ai à peine eu le temps de hurler avant que la démone se précipite sur nous. Patricia, étant la plus proche d'elle, a subi son assaut la première. J'ai vu avec horreur les ongles noirs pointus comme des lames de la démone déchirer les intestins de la sorcière. Le sang de Patricia a inondé le plancher tandis que Hagatha dévorait son estomac de ses dents tranchantes comme un rasoir.

Inutile d'être médecin pour comprendre que Patricia ne pouvait plus être sauvée.

Alors que la démone aspirait goulûment les intestins de la sorcière, je secouais mes chaînes de plus en plus violemment, sachant que c'était sans espoir. Je fixais l'attache métallique qui semblait boulonnée à ma peau. Et j'ai pensé à Mona.

J'avais frôlé la mort trop de fois dans le passé pour les comptabiliser. J'avais connu trop d'épreuves pour avoir peur de la mort, ou de la douleur physique qui l'accompagnerait.

Mais mourir ainsi, alors que la femme qui possédait chaque fibre de mon corps penserait du mal de moi à vie si je ne pouvais pas lui parler… c'était le genre de souffrance que je ne pouvais pas supporter.

N'importe quoi serait moins douloureux que cette souffrance.

N'importe quoi.

Fixant toujours la chaîne entravant ma main gauche, j'ai su que je n'avais qu'une seule option si je voulais avoir la moindre chance de la revoir.

Faisant jaillir les griffes de ma main droite, j'ai tailladé ma propre chair, juste au-dessus de l'attache métallique. Mordant ma lèvre pour conjurer la douleur, j'ai tordu, mordu et cisaillé jusqu'à ce que mon bras gauche se détache de mon épaule. La chaîne a cliqueté quand mon bras est tombé par terre dans un bruit sourd.

Ma tête s'est mise à tourner alors que je me vidais de mon sang. Reculant contre le mur, j'ai cru pendant un moment que j'allais y passer. Mais je ne pouvais pas mourir maintenant. J'ai forcé mon esprit à se concentrer sur Mona.

La démone, trop occupée à dévorer la sorcière, ne semblait pas avoir remarqué ce que je venais de faire. Mais visiblement, il ne faudrait pas longtemps avant qu'elle ait fini son repas et en réclame davantage. J'avais sans doute moins d'une minute pour agir.

Je me suis précipité vers l'escalier et, montant sur le toit, j'ai tenté d'arracher la trappe à la force de mon seul bras restant. Au bout de trente secondes d'efforts, il était clair qu'elle n'allait pas céder. Mes yeux se sont dirigés vers la seule autre issue qu'offrait la cellule – la pièce sombre d'où Hagatha était sortie.

Bondissant en bas des marches, j'ai couru dans la pièce et j'ai claqué la porte derrière moi juste avant que la démone se jette dessus. La porte était déjà fragilisée par l'assaut précédent de Hagatha. Je ne savais pas combien de temps elle résisterait. Si elle tenait deux minutes, j'aurais de la chance.

Si ce que j'avais entendu dire sur les démones était vrai, Hagatha avait le pouvoir de traverser la porte comme un passe-muraille. Et même s'échapper du donjon par la force de sa seule volonté. Je ne pouvais que supposer que les sorcières avaient jeté un sort sur cette prison pour l'empêcher d'en traverser les murs épais.

J'ai déchiré ma chemise et j'en ai fait un garrot pour juguler le flot de sang tout en continuant à résister aux assauts de la démone contre la porte. Puis j'ai balayé la pièce des yeux. Elle n'était pas très différente de celle où j'avais été enchaîné – étroite et sombre. Sauf que dans cette pièce, il y avait plusieurs squelettes éparpillés au sol ; des ossements humains et probablement ceux de sorcières, à en croire leur apparence.

Quand l'une des charnières de la porte a volé en éclats, j'ai commencé à croire que j'avais perdu mon bras en vain. Puis une voix a retenti dans la pièce au-dessus. Une voix masculine.

– Comment ça se passe, Hagatha ?

C'était le sorcier qui était resté en sentinelle. Il avait dû entendre de l'agitation – plus vive qu'il s'y attendait, sans doute.

« Tu as bientôt fini ? »

La démone a laissé échapper un cri étrange.

« Quelque chose ne va pas ? a demandé le sorcier. Retourne dans ta chambre et je vais descendre. »

La démone a glapi à nouveau, puis elle s'est tue. Le vacarme s'est arrêté.

« Es-tu rentrée dans ta pièce ? »

La démone a gémi doucement et j'ai senti la créature s'éloigner de la porte. Je l'ai entrouverte pour regarder par l'interstice. Elle flottait dans un coin sombre de la pièce, juste à côté de l'escalier, mais on ne pouvait pas la voir de la trappe.

Qu'est-ce qu'elle manigance ?

J'ai esquissé une théorie sur ce qui pouvait se passer dans la tête de cette créature, et malgré qu'elle me semble folle, elle m'a rempli d'espoir au point de me prendre à rentrer dans son jeu.

« Hagatha ? a appelé de nouveau le garde. Tu sais ce qui se passe quand tu refuses de répondre. »

J'ai claqué la porte, comme si elle venait de se refermer.

Le bruit a semblé donner au sorcier l'assurance dont il avait besoin. La trappe s'est ouverte et j'ai entendu des pas descendre l'escalier.

Dès qu'il a hurlé, j'ai rouvert la porte. La démone s'était jetée sur lui et, avant même qu'il puisse lui jeter un sort, elle lui charcutait les paumes de ses ongles tranchants, le rendant visiblement aussi impuissant qu'un humain. Elle l'a traîné dans un coin de la pièce où elle a commencé à lui dévorer les intestins, comme elle l'avait fait avec Patricia.

Peut-être qu'elle préfère la chair des sorciers à celle des vampires.

J'ai regardé la trappe ouverte et je me suis précipité vers elle comme un naufragé nage vers la terre ferme. J'ai grimpé les escaliers quatre à quatre, saisi la corniche et me suis hissé par la trappe avant de la refermer derrière moi. Faire toutes ces acrobaties d'une seule main était étrange. Mon cerveau n'avait pas encore vraiment compris que j'avais perdu un bras.

Respirant péniblement, j'ai jeté un œil autour de moi, essayant de me repérer. Je me trouvais dans une pièce rectangulaire étroite aux murs blancs et au sol de granit noir. Elle était vide à l'exception de deux chaises à quelques centimètres de la trappe, et une porte à quelques mètres. Je me suis précipité dessus pour essayer de l'ouvrir quand mes yeux sont tombés sur une longue cape noire sur le dossier d'une chaise. Si je voulais avoir une chance de passer inaperçu, je devais me couvrir.

J'ai boutonné la cape et tiré la capuche sur ma tête afin qu'elle masque mon visage au maximum, puis j'ai tourné la poignée. La porte n'était pas verrouillée, à mon grand soulagement. J'ai mis un pied dehors et me suis retrouvé dans un couloir étroit et sombre.

Je ne savais pas de quel côté aller. J'ai tourné sur la droite, puis j'ai continué d'avancer dans ce labyrinthe de passages, tournant à droite ou à gauche en suivant mon instinct. Finalement, quand j'ai atteint ce que je croyais être une impasse, j'ai découvert un escalier étroit en colimaçon qui montait. Je l'ai grimpé et, arrivé en haut, j'ai débouché à l'angle d'une grande galerie. Il y avait un vaste ensemble de portes doubles à une quinzaine de mètres et des colonnes ornementales reliant le sol de marbre blanc au haut plafond serti de pierres précieuses.

Serait-ce… le palais ?

J'ai regardé autour de moi avec prudence. Une fois certain qu'il n'y avait personne dans les environs, je me suis aventuré dans la galerie. Le clair de lune pénétrait par les grandes vitres. Il était tard. Avec un peu de chance, je ne croiserais personne.

Je me suis approché prestement d'une fenêtre et j'ai scruté la nuit. L'édifice était entouré de jardins luxuriants. Mon cœur a bondi en apercevant au loin le portail par lequel nous avions essayé d'entrer plus tôt, là où les gardes nous avaient attrapés, Patricia et moi.

Oui, c'est le palais.

Alors que je me retournais à nouveau vers la galerie, j'ai ouvert la bouche, horrifié. Je laissais une traînée de sang sur le sol immaculé. Mais je n'avais pas le temps d'effacer mes traces. Désormais, mon seul espoir était de trouver Mona avant que quelqu'un ne se lance à ma poursuite.

J'ai reniflé l'air, en quête de la moindre trace d'elle dans l'atmosphère. C'était impossible. Le palais était immense. Elle était probablement encore trop loin. Repérant un vaste escalier menant à l'étage au-dessus, je l'ai monté. J'ai débouché dans un couloir spacieux bordé de portes de chaque côté. Alors que je me hâtais vers la porte la plus proche, j'ai été pris d'une violente nausée qui menaçait de me faire défaillir. J'ai aplati ma paume contre le mur, fermé les yeux et tenté de me concentrer.

Mona. Il suffit de penser à Mona.

J'ai chancelé jusqu'à la porte et je l'ai reniflée. Je n'avais aucune idée de la taille de la pièce, sinon de l'appartement, derrière cette porte, mais j'étais certain qu'elle ne serait pas assez grande pour m'empêcher d'y détecter ma femme. Bien que l'odorat des vampires ne soit pas aussi puissant que celui des loups, tant que j'étais à une distance raisonnable d'elle, je n'aurais aucune difficulté à la sentir.

J'ai avancé jusqu'à la porte suivante et me suis

arrêté pour renifler l'air. Toujours rien. J'ai réitéré l'opération de porte en porte, chancelant sur mes jambes. Au moment où j'ai atteint la dernière porte, je ne pouvais toujours pas la sentir. J'ai monté un escalier vers l'étage suivant.

J'étais incapable de dire devant combien de portes je m'étais arrêté, mais quand j'ai atteint le neuvième étage, j'étais pratiquement aveuglé par l'étourdissement. J'ai rassemblé mes forces pour inspecter un dernier étage. Alors que je me traînais vers le haut du dixième escalier, je me suis arrêté net, sentant quelqu'un approcher au-dessus de moi. J'ai dévalé les marches en trébuchant et je me suis caché derrière une colonne proche, juste à temps pour voir un couple descendre – un verre de vin à la main, bouche contre bouche. Ils étaient si absorbés par leur baiser qu'ils n'ont même pas remarqué les traces de sang sur les marches et le sol, avant de disparaître dans un couloir.

J'ai laissé échapper un soupir de soulagement avant de tenter une nouvelle ascension du dixième escalier. Je n'avais toujours pas détecté Mona au bout de la douzième porte, mais en arrivant au bout du couloir, je me suis arrêté. J'ai entendu du vacarme derrière une porte, un peu plus loin. En m'approchant, l'excitation a afflué dans mes veines. C'était seulement un léger effluve au début – qui aurait pu très bien être le fruit de mon imagination –, mais une fois arrivé devant la porte en bois de rose, l'odeur était indéniable.

Mona se trouvait quelque part derrière cette porte. Je pouvais la sentir.

Il ne restait plus qu'à décider si j'allais frapper à la porte ou la défoncer. J'ai collé mon oreille contre le bois. Le vacarme avait cessé, remplacé par… des cris.

– Mona ! Réveille-toi !

La voix de mon frère ?

Il n'était plus question de frapper maintenant. En cinq coups de pied violents, j'ai fracassé la porte.

J'ai balayé l'appartement des yeux. J'ai entendu des pas dans le vaste couloir à ma gauche. J'ai pivoté prestement et j'ai vu une sorcière qui se précipitait sur moi. Mais elle n'était pas Mona. Elle avait des cheveux noirs et portait une chemise de nuit en coton gris. Elle m'a fixé d'un air paniqué avant de faire le geste de lever ses paumes.

J'avais eu ma dose de sorcellerie pour la journée.

Me jetant en avant, je l'ai plaquée au sol et j'ai

immobilisé ses bras avec mes genoux. Puis, à l'instar de Hagatha, j'ai entaillé ses paumes avant qu'elle puisse me jeter un sort. Je l'ai laissée là, à se frotter ses mains ensanglantées, et j'ai continué en direction des cris. Ils m'ont mené vers une porte au bout du couloir. Rien n'aurait pu me préparer à ce que j'ai vu en l'ouvrant.

Alors que Mona était allongée – apparemment endormie – dans un grand lit double, Abby et Erik se battaient contre un démon qui s'apprêtait à planter ses griffes tranchantes dans le cœur d'Abby.

Oh mon Dieu, pas une autre…

Chapitre 33 : Abby

Notre tentative de tuer le démon ne s'était pas déroulée selon notre plan. Bien que nous n'ayons pas vraiment de plan, tout au plus quelques idées folles jetées en l'air durant les quelques minutes qu'Erik et moi avions passées à échanger des propos alarmés dans le placard.

Nous ne savions pas grand-chose des démons, sinon ce que nous avions glané des bribes de conversation que nous avions surprises dans les quartiers de Corrine avant de quitter l'Ombre. Nous avions appris qu'ils changeaient d'apparence à volonté, prenant des formes aussi bien matérielles qu'immatérielles, et qu'on ne pouvait les tuer que lorsqu'ils s'incarnaient dans un corps physique. Décapiter un démon était la seule manière d'en finir avec lui, selon Patricia, et son cou était la partie la plus fragile de son corps.

Le problème était que la plupart des victimes des démons se retrouvaient éventrées, les intestins dévorés, avant même d'avoir eu le temps d'approcher la gorge de la créature.

Je m'étais dit que, le démon étant sortie de la boîte à bijoux, peut-être que refermer le couvercle nous aiderait à nous en débarrasser. Comme c'était l'idée la moins violente que nous ayons en magasin, j'ai pensé qu'on devrait la tenter en premier. Erik était d'accord.

Mais notre tentative n'a fait qu'attirer son attention sur notre présence. Ses yeux ambrés terrifiants nous ont scrutés alors qu'il délaissait Mona pour flotter vers nous.

Erik a arraché le miroir du mur et l'a fracassé contre lui. Il a laissé échapper un faible sifflement en reculant, puis s'est volatilisé.

– Où est-elle ? ai-je bafouillé, regardant de tous les côtés.

J'entendais Erik respirer fort près de mon oreille quand il m'a soudain attrapé la taille et m'a tirée vers lui.

– Baisse-toi ! a-t-il crié en me poussant vers le bas.

Je ne savais pas où le démon était réapparu ni dans quel sens me pencher pour l'éviter, alors je me suis jetée sous le lit, espérant l'esquiver.

Pourquoi Mona ne se réveille-t-elle pas ? A-t-elle été ensorcelée par le démon pour dormir si profondément ?

J'aurais bien crié pour la réveiller, mais je ne voulais pas indiquer mon emplacement. J'ai rampé vers le bord du lit et j'ai vu Erik tendre le bras vers la tringle à rideaux et l'arracher du mur. Le démon avait repris une apparence physique et tentait de le lacérer de ses ongles. Erik tenait la tringle devant lui et il la dirigeait vers l'estomac de la créature, la forçant à reculer pour créer une distance de sécurité entre lui et ses ongles noirs menaçants.

J'ai rampé de l'autre côté du lit et je me suis redressée. J'étais sur le point de saisir Mona par les épaules pour la secouer quand Erik a crié : « Attention ! »

Le démon m'avait repérée et glissait vers moi. Attrapant l'objet le plus proche – une lampe de chevet –, je lui ai lancé en pleine tête. Il a esquivé facilement le projectile, ma tentative ayant eu pour seul effet d'accroître sa furie.

« Mona ! Réveille-toi ! » a rugi Erik au moment où des mains squelettiques m'ont agrippé les chevilles. Le démon m'a soulevée dans les airs et m'a suspendue à l'envers comme une pièce de viande. J'ai hurlé en me débattant pour le faire lâcher prise tandis que ses ongles s'approchaient dangereusement de ma poitrine.

Ce qui s'est passé ensuite a été si rapide que j'ai à peine compris ce qui arrivait.

La poigne du démon autour de mes chevilles s'est desserrée et j'ai dégringolé sur le lit. Erik a bondi et attrapé ses pieds, essayant de l'empêcher de s'envoler quand un être au visage masqué a surgi dans la chambre.

Kiev ?

Alors qu'Erik tentait d'entraîner le démon vers le bas de tout son poids, Kiev a bondi sur le lit et, s'allongeant dessus, il a brandi une main griffue vers le cou de la créature. Il l'a raté, mais je n'allais pas laisser Erik se battre seul. Avant que le démon puisse s'évaporer à nouveau, je me suis relevée et j'ai saisi moi aussi ses chevilles. À nous deux, nous avons été plus prompts à le tirer vers le bas. À présent, je ne pouvais pas m'empêcher de me demander pourquoi il ne s'était pas fait disparaître. L'expression étonnée d'Erik indiquait qu'il se posait la même question.

Peut-être qu'il ne peut pas quitter son enveloppe charnelle tant qu'un autre corps physique la tient…

Cette fois, quand Kiev s'est jeté sur lui, esquivant de peu ses ongles démoniaques, il a planté les griffes de sa main droite dans son cou, profondément. Il y a eu un bruit répugnant quand le sang noir a giclé sur le poignet de Kiev. Dans un ultime geste, Kiev a arraché la tête du démon. Son crâne a roulé sur le sol, alors que son corps était toujours secoué par le jaillissement du sang qui s'en échappait.

Nous nous sommes regardés tous les trois, essoufflés.

C'est seulement là que j'ai réalisé qu'il y avait quelque chose de bizarre dans l'apparence de Kiev. Très bizarre. Quand il a enlevé sa cape pour essuyer sa main droite, Erik et moi avons glapi en même temps.

– Ton bras ! a balbutié Erik en se précipitant vers son frère. Qu'est-ce qui t'est arrivé ?

Kiev a inspiré une bouffée d'air brûlant et a lancé un regard noir à Erik en se traînant jusqu'à Mona, qui dormait toujours.

– Disons simplement que ma haine des sorcières a quelque peu évolué ces dernières heures.

Chapitre 34 : Mona

Une sensation inattendue a interrompu le cauchemar dans lequel j'étais enfermée. Quelque chose a effleuré mes lèvres. Quand mes paupières ont papilloté, j'ai cru que j'étais tombée dans un autre rêve.

Je fixais une paire d'yeux verts et lourds… ceux de Kiev. Sa main froide caressait ma joue alors qu'il m'embrassait passionnément.

J'ai posé les paumes sur sa poitrine. Si je rêvais encore, c'était le rêve le plus réaliste que je n'avais jamais eu. J'ai soudain eu peur de le briser. Peur de me réveiller. Peur de vérifier qu'il s'agissait bel et bien d'un rêve.

Mon grand amour m'enserrait et m'embrassait comme si j'étais la seule femme au monde. Même si ce n'était qu'une illusion, j'ai accueilli à bras ouverts cette évasion momentanée de l'enfer qu'était devenue ma réalité. Réalité qui reviendrait en force dès que je me réveillerais. Passant les mains dans ses cheveux sombres et épais, j'ai fermé les yeux et je lui ai rendu son baiser.

– Je t'aime, a-t-il murmuré d'une voix rauque.

Ces mots ont déclenché une douleur aiguë dans ma poitrine.

Tu n'as pas idée combien j'aimerais y croire, Kiev.

Des larmes ont roulé sur mes joues lorsque je me suis assise et lovée contre lui, craignant toujours d'ouvrir les yeux. Quand je me suis appuyée plus fort contre lui, il a gémi, et je les ai enfin ouverts. La douleur marquait son visage. Quand j'ai baissé les yeux, j'ai sursauté. Là où aurait dû être son bras gauche se trouvait un moignon sanglant.

J'ai bondi vers l'arrière, frottant mes yeux, et j'ai regardé autour de moi. Abigail et Erik étaient dans un coin, nous regardant. Par terre, au centre de la pièce, se trouvait le cadavre décapité… d'un démon.

– Que s'est-il passé ? ai-je bégayé, même si je commençais à le comprendre.

De son unique bras, Kiev m'a pris la main, me ramenant vers lui. J'ai remarqué pour la première fois combien il semblait mal en point. Il était terriblement blême – beaucoup trop pour un vampire – et une pellicule de sueur recouvrait sa peau, tandis que son corps entier frissonnait.

– Je n'ai jamais cessé de t'aimer, a-t-il sifflé. Voilà ce qui s'est passé.

Oh, non.

Non.

La réalité s'est écrasée sur moi comme une tonne de briques, me coupant carrément le souffle. La culpabilité m'a fracassée en mille morceaux.

Je me suis effondrée en larmes.

– Je suis désolée, ai-je hoqueté. Je suis tellement désolée.

La poigne de Kiev s'est refermée sur ma nuque, me forçant à le regarder.

– Arrête, Mona. Ce n'est pas de ta faute.

J'ai mordu ma lèvre, jetant un autre coup d'œil à son effroyable plaie.

– Qu'est-il arrivé à ton bras ? ai-je râlé.

– Ça n'a pas d'importance, a grogné Kiev.

Il m'a recouchée sur le lit et s'est penché sur moi, refermant ses lèvres sur les miennes.

« Je sacrifierais volontiers mon deuxième bras pour pouvoir être avec toi. »

Ses mots m'ont déchiré le cœur. Comme si la culpabilité d'avoir douté de Kiev et quitté l'Ombre n'était pas assez insupportable, j'étais maintenant responsable de son abominable moignon.

– Non ! ai-je crié, saisissant son visage. Pourquoi, Kiev ? Pourquoi ? Pourquoi t'es-tu laissé amputer ainsi ?

La colère camouflait mon deuil, et je voulais le secouer tellement je lui en voulais d'avoir subi toutes ces épreuves pour moi.

– Chut, a-t-il dit, les larmes lui montant aux yeux. Je dois te poser une question.

Il a reculé en me redressant en position assise sur le lit, se balançant sur ses jambes tremblantes.

J'ai hurlé d'horreur lorsqu'il s'est écroulé au sol. Je me suis jetée sur lui et j'ai couché sa tête sur mes cuisses, mes larmes coulant doucement sur son visage. Erik et Abby ont accouru vers moi.

– Il a perdu trop de sang, ai-je dit, la voix

chevrotante.

La panique parcourait mes veines alors que mes paumes flottaient au-dessus de sa blessure. J'allais entonner un sortilège pour endiguer le sang et refermer la plaie quand Kiev a grogné, se forçant à se redresser. J'ai agrippé son bras, tentant de le tirer vers moi.

« Kiev ! Tu dois me laisser stopper l'hémorragie de sang ! »

– Attends, a-t-il toussé, s'accrochant au lit et se redressant. Assieds-toi ici.

Il a tapoté le matelas à côté de lui.

– Kiev…

– S'il te plaît… Assieds-toi ici.

J'ai obéi, essayant une fois de plus de le tirer vers moi pour le soigner. Il m'a repoussée.

– Attends, a-t-il répété. J'ai… J'ai déjà attendu trop longtemps…

Il a froncé les sourcils, puis fouillé dans sa poche arrière de jean et il a sorti une pochette en cuir. Son bras tremblait tellement que j'ai cru qu'il allait la lâcher.

J'ai fixé l'objet, les yeux écarquillés.

– Kiev ?

Il s'est abaissé, posant un genou à terre. Il respirait fort en déposant la pochette sur son genou. Il a palpé le tissu pendant un moment avant de lever la tête vers moi, ses yeux intenses sondant les miens.

– Ce… ce n'est pas ainsi que j'aurais voulu te le demander, a-t-il soufflé, mais parfois, les choses ne peuvent pas attendre plus longtemps.

Mettant la pochette de côté, il a ouvert la paume, révélant une bague délicate ornée d'un saphir.

« Ferais-tu de moi l'homme le plus heureux des royaumes humain et surnaturel… en devenant Mona Novalic ? »

J'ai porté une main à ma bouche. Les ruisseaux de larmes se sont transformés en rivières.

Tombant à genoux à côté de lui, je l'ai attrapé par les cheveux et j'ai écrasé les lèvres contre les siennes.

– Me poses-tu vraiment la question ?

Ses lèvres se sont retroussées en un sourire sombre.

– Eh bien, maintenant que je suis manchot, j'ai cru bon de m'assurer que tu veuilles toujours de moi…

– Même un dieu à quatre bras ne pourrait pas me satisfaire autant qu'un Kiev à un bras, ai-je dit, pleurant et riant à la fois.

Sa main m'a caressé le bras et a serré ma main droite. La posant sur son genou, il a passé la bague à mon doigt. Puis il m'a embrassée encore. Et encore. Et encore. Si je n'avais pas posé un doigt sur ses lèvres, je suis sûre qu'il aurait continué toute la nuit.

« Si tu le veux bien, ai-je dit en reculant, j'aimerais garantir que mon futur mari soit encore vivant le jour de notre mariage. »

J'ai placé un bras autour de sa taille et je l'ai aidé à se rallonger par terre.

« Erik, ai-je appelé. Retiens ton frère pendant que je travaille. Je risque de lui faire mal et je ne veux pas qu'il se tortille trop. »

Erik est accouru à l'aide, et après plusieurs minutes de gémissements intermittents de Kiev, j'ai réussi à refermer sa plaie. Au moins, le sang ne s'écoulait plus, mais son teint était encore épouvantablement livide. Il était trop grièvement blessé pour que ses facultés naturelles de guérison le rétablissent assez vite. J'ai tendu l'avant-bras à Erik.

« Coupe-moi. »

Il m'a regardée, réticent.

– Es-tu sûre…?

– Non, ne te coupe pas, a dit Kiev en tentant de

se relever.

– Chut ! ai-je dit, posant un doigt sur ses lèvres et le repoussant au sol. Tu n'as pas ton mot à dire.

J'ai fusillé Erik du regard.

« Dépêche-toi ou je le fais moi-même. »

Il a sorti une griffe et entaillé mon avant-bras. J'ai à peine bronché. Je me suis assise à califourchon sur la taille de Kiev, puis j'ai pressé ma coupure contre sa bouche.

« Bois, mon amour, » ai-je chuchoté, plantant un baiser sur son front.

À mon grand soulagement, il a aspiré mon sang. Ce n'était pas très dangereux pour lui de le boire de toute façon. Le sang des sorcières était loin d'être aussi addictif que celui des humains, et Kiev n'avait pas de difficulté à se contrôler avec moi.

Il s'est arrêté après cinq gorgées.

« Bois-en plus, » l'ai-je incité.

Il a secoué la tête.

– C'est assez pour l'instant.

Je n'en étais pas convaincue, mais il s'est levé en nous repoussant tous deux. Visiblement, nous aurions du mal à le faire boire davantage, et de toute façon, nous devions sortir de là. J'ai regardé autour de la pièce détruite une fois de plus et mes yeux se sont posés sur la tête décapitée du démon.

– Comment avez-vous réussi à entrer dans le Sanctuaire sans aide ? ai-je demandé.

– Nous avons eu l'aide d'une sorcière, a marmonné Kiev. Patricia.

– Où est Patricia ? a demandé Erik.

Kiev a grimacé.

– Elle… est morte.

J'ai à peine eu le temps de comprendre ses mots et pleurer la perte de la sorcière quand la porte d'entrée a claqué.

– Vite ! ai-je sifflé, passant un bras autour de la taille de Kiev. Erik, Abby, tenez-vous à moi. Nous devons déguerpir d'ici.

– Attends, où nous emmènes-tu ? a demandé Kiev au moment où j'allais nous faire disparaître. Corrine et Ibrahim sont prisonniers ici. Nous devons les sauver…

Au même moment, un groupe de sorcières est entré en trombe dans la pièce. Avant qu'elles puissent nous jeter un sortilège, nous nous sommes évanouis.

Je savais où se trouvait la prison. Je l'avais visitée

quelquefois dans ma vie, aussi je n'ai pas eu trop de difficulté à nous y faire réapparaître. Heureusement, le donjon était désert.

– Où sont-ils ? ai-je demandé.

Nous avons suivi Kiev le long du couloir. Il s'est arrêté devant un cachot. Corrine et Ibrahim s'y trouvaient bel et bien, apparemment endormis. J'ai fait exploser la grille et je me suis précipitée à l'intérieur. Nous n'avions pas le temps de les réveiller. Leur empoignant chacun un bras, j'ai ordonné aux autres de s'accrocher à moi. Une fois sûre qu'ils étaient tous bien arrimés, j'ai décidé qu'il était temps de rentrer chez nous… sur l'Ombre.

Chapitre 35 : Rose

J'étais inquiète à propos du soleil qui brûlait Caleb alors que nous voyagions. J'ai jeté un coup d'œil à Bella derrière mon épaule. Elle était si énorme qu'elle faisait de l'ombre à Caleb dans l'angle où nous volions, ce qui risquait cependant de changer. J'ai observé le manteau qu'elle portait par-dessus sa tunique sale.

– Bella, ai-je dit. Peux-tu enlever ton manteau et l'utiliser pour protéger Caleb du soleil quand il tapera sur lui ?

Elle a hoché la tête d'un air grognon.

– D'accord, madame Rose.

– Merci.

Les rayons du soleil ne l'atteignaient pas encore, mais pour une raison quelconque, elle a ôté son manteau et l'a tenu au-dessus de la tête du vampire comme un parasol. C'était mieux ainsi, me suis-je dit. Caleb et moi avions un peu d'intimité, maintenant que l'énorme visage de Bella ne nous guettait plus.

Nos regards se sont croisés. Il semblait plus tendu que jamais. C'était une torture de ne pas pouvoir l'informer de la situation alors que tant de questions nous brûlaient les lèvres.

J'ai placé les mains sur les siennes, qui tenaient les écailles du dragon de chaque côté de ma taille, et j'ai reculé contre lui. J'ai posé un baiser sur sa barbe drue, et il a passé une main sur mon nombril en penchant la tête pour me caresser la joue de ses lèvres.

– Je te fais confiance, Rose, a-t-il murmuré, son souffle frais contre mon oreille.

J'ai dégluti, me sentant coupable qu'il me fasse confiance alors que je n'avais même pas confiance en moi.

« Je veux que tu te mettes face à moi, a-t-il dit. Accroche-toi. Je t'empêcherai de tomber. »

J'ai lentement retiré les pieds d'entre les écailles du dragon et j'ai placé les bras autour du cou de Caleb lorsqu'il m'a fait pivoter vers lui. Il a passé les mains sur mes cuisses nues, les plaçant par-dessus les siennes, avant de se raccrocher au dragon. J'ai sondé les ravissants yeux du vampire, savourant l'intimité que Bella nous offrait avec son manteau.

« Maintenant, je peux t'embrasser, » a-t-il dit doucement.

Ma colonne vertébrale a frémi lorsqu'il a penché la tête vers moi. Il a attrapé ma lèvre inférieure, la mordillant avant de goûter à ma lèvre supérieure. J'ai caressé son torse, sentant ses muscles rigides sous mes doigts. Il s'est tendu, levant brusquement la tête et me regardant dans les yeux à nouveau.

« Je ne peux plus te perdre, » a-t-il soufflé.

Je voulais lui dire la même chose. Mais je me suis contentée de hocher la tête, de peur que le dragon m'entende. Il s'est mordu la lèvre, comme s'il se retenait de dire autre chose.

– Quoi ? ai-je demandé.

Après une longue pause, il a pris une grande inspiration. Puis il a prononcé les mots que j'avais ardemment désiré entendre depuis le moment où il m'avait embrassée au port de l'Ombre.

– Quoi qu'il arrive… je dois te dire… j'ai besoin que tu saches…

Sa voix s'est coincée dans sa gorge.

« Je t'aime, Rose Novak. »

Je l'ai regardé, bouche bée. Mes joues se sont empourprées.

J'ai pris son visage entre mes mains tremblantes.

– Et je t'aime aussi, Caleb Achille, ai-je répondu d'une voix étouffée. De tout mon cœur.

Il a soupiré de soulagement et ses bras se sont refermés autour de moi, m'enlaçant fort –m'écrasant presque. J'ai blotti la tête dans son cou et des larmes de joie ont coulé de mes yeux, humectant ma peau. Ses yeux luisaient également quand nos regards se sont croisés à nouveau. Il s'est mis à poser de longs et tendres baisers sur mon cou et mon visage, chérissant chaque parcelle de moi qu'il portait à sa bouche.

Nous n'avons reculé que lorsque Bella a soulevé le manteau et jeté un coup d'œil dessous. Ses yeux se sont écarquillés et elle a vite replacé le tissu sur nos têtes.

– Oups, pardon, a-t-elle bredouillé. J'entendais

des sons bizarres. Je ne savais pas que vous faisiez… ça.

J'ai pouffé.

– Ça va, Bella.

Le corps du dragon a remué lorsqu'il a parlé.

– Il semble que nous soyons arrivés, a-t-il dit.

Caleb m'a aidée à me retourner vers l'avant pour que nous puissions tous les deux voir ce que Charis indiquait. Je ne connaissais pas bien ces eaux, encore moins vues du ciel, mais Caleb a semblé reconnaître l'endroit, comme il avait navigué vers l'île plus d'une fois.

– Rose, comme tu es avec nous, si nous volons à travers la frontière, nous entrerons sans problème ?

– Je crois bien, ai-je marmonné. J'imagine qu'il n'y a qu'un seul moyen de le savoir.

– Alors continue à voler, dragon, a dit Caleb en resserrant son emprise sur ma taille.

Chapitre 36 : Rose

J'ai retenu mon souffle lorsque le dragon a accéléré et entamé sa descente. Nous ne savions toujours pas si la rumeur de Brisalia comme quoi l'Ombre aurait été attaquée par les sorcières noires était vraie. Mais comme pour le fait de traverser la frontière sans problème, il n'y avait qu'un seul moyen de le découvrir.

Quelques instants plus tard, le soleil a disparu. Bella a baissé le manteau, nous donnant une vue complète des alentours. De l'Ombre. J'ai balayé la côte anxieusement, plissant les yeux en quête du moindre indice sur l'état actuel de l'île. Je ne voyais encore rien qui sorte de l'ordinaire.

Nous avons dirigé Charis vers le port, et ses lourdes ailes ont battu lorsqu'il a atterri sur la jetée. Dès que nous avons touché le sol, Caleb a chuchoté : « Grimpe sur mon dos. »

Je me suis accrochée à lui et il a sauté par terre. Bella nous a suivis, non sans faillir perdre l'équilibre et tomber dans la mer.

Je ne désirais rien de plus que courir vers les bois avec Caleb pour m'y cacher et espérer que le dragon disparaisse. Malheureusement, ce n'était pas possible.

Nous avons contourné le dragon, nous arrêtant devant sa tête. Je l'ai regardé.

– Peux-tu attendre ici pendant une demi-heure ? Je serai de retour d'ici là.

Il a semblé furieux. Visiblement, j'étais en terrain dangereux.

– Je te donne un quart d'heure. Si tu ne reviens pas avant, je mettrai cette île à feu et à sang.

J'ai frissonné, puis opiné.

– Bien sûr.

J'ai regardé Bella et indiqué la plage à notre gauche, menant à la caverne de Brett.

« Bella, va faire une promenade par là. Caleb et moi avons quelque chose à faire. »

Semblant toujours déconcertée en observant cette nouvelle île inconnue, elle a hoché la tête distraitement et s'en est allée. Charis semblait plutôt indifférent à l'ogresse depuis que j'avais demandé qu'elle vienne avec nous – n'ayant pas spécifié qu'elle devrait retourner au royaume elle aussi – et je ne voulais pas qu'elle traîne dans ses pattes.

J'ai sauté sur le dos de Caleb et pointé la forêt.

– Cours comme jamais auparavant, Caleb, ai-je murmuré.

Il a foncé droit devant à la vitesse de l'éclair, tellement vite que mes yeux se sont mouillés, brouillant ma vision.

« D'accord, ai-je dit en reprenant mon souffle. Cours comme si tu avais faim. »

Il a ralenti un peu. Mon cœur martelait ma poitrine alors que je hurlais : « Maman ! Papa ! Ben ! »

J'ai crié jusqu'à en avoir mal aux poumons. En nous approchant des résidences, quelque chose a fait accélérer mon pouls. C'était mon père, debout au milieu du sentier de la forêt, qui nous fixait d'un air stupéfait.

« Papa ! » ai-je crié. J'ai senti Caleb se raidir quand il l'a vu. « Ne t'inquiète pas, ai-je dit, souriant de toutes mes dents alors que mon père bondissait vers nous. Je m'occupe de lui. »

Mon père nous regardait approcher, les yeux écarquillés – apparemment tout aussi étonné de me revoir que de me voir avec Caleb. J'ai sauté par terre et me suis jetée à son cou.

– Rose, a-t-il dit, la voix étouffée, me regardant encore comme si j'étais un mirage.

Il m'a étreinte à bras le corps alors que je pleurais de joie sur son épaule. J'ai embrassé ses joues.

– Papa ! Oh, mon Dieu. J'étais tellement inquiète pour vous.

– Inquiète pour nous ? As-tu la moindre idée de l'angoisse qui nous tenaillait, ta mère et moi ?

– Les sorcières noires ne vous ont pas attaqués ?

– Non. Du moins, pas encore. Mais… que diable t'est-il arrivé, ma chérie ?

– Je ne peux pas t'expliquer maintenant. Je…

Je me suis arrêtée net en apercevant ma mère derrière son épaule. Elle affichait le même air stupéfait.

– Rose ? a-t-elle glapi.

– Maman !

Mon père m'a lâchée et ma mère s'est jetée dans mes bras. J'ai failli chavirer à la force de son étreinte.

– Rose, mon bébé !

Elle a sangloté de façon incontrôlable dans mes bras. Mes propres larmes ont coulé, nous nous sommes embrassé les joues. Elle a pris mon visage entre ses mains, puis elle a passé les doigts dans mes cheveux en me regardant de la tête aux pieds, comme pour s'assurer que j'étais encore en un seul morceau.

– Que t'est-il arrivé ?

Mes parents ont regardé Caleb. J'ai fait un pas en arrière et pris sa main.

– Maman, papa… tout ce que vous pensiez connaître de cet homme est faux. Je n'ai pas le temps de vous expliquer maintenant – ça me prendrait des heures –, mais faites-moi confiance quand je dis que Caleb vous a sauvé la vie, ainsi que la mienne, plusieurs fois.

Ils se sont mis à parler en même temps, mais je les ai interrompus.

« Écoutez-moi : l'île est en danger. J'ai ramené un dragon. »

Ils se sont tus un instant.

– Quoi ? a craché mon père.

– Un dragon m'attend au port. Il pense que je lui appartiens, et il ne partira pas sans moi. Si je veux rester sur l'île, nous allons devoir le tuer.

– Comment… ? a frémi ma mère.

– Encore une fois, pas le temps de vous expliquer. Nous avons moins de quinze minutes avant que la bête mette le feu à l'île. Conduisez-moi à Mona.

Un silence a suivi.

– Mona n'est pas là, a dit mon père.

– Quoi ? Caleb et moi nous sommes exclamés en chœur.

– C'est aussi une longue histoire, a dit ma mère, pâlissant à vue d'œil. Mais elle est partie.

– Oh, mon Dieu ! ai-je dit en prenant ma tête entre mes mains.

Le sortilège de nuit étant toujours sur l'île, un sortilège de protection devait aussi l'être.

« Alors les autres sorcières protègent l'île ? Elles sont toujours là, n'est-ce pas ? »

– Elles la protègent en quelque sorte… a dit mon père sombrement. Mais pas aussi sûrement que quand Mona était là. Et Patricia, Corrine et Ibrahim ne sont pas là non plus. Les autres, si.

Toutes nos sorcières les plus puissantes manquent à l'appel.

Je brûlais de savoir ce qui leur était arrivé, mais nous n'avions pas le temps. J'ai dégluti.

Mon père a pris les devants.

« Nous rassemblerons tous nos mages et toutes nos sorcières, ainsi que tous les vampires et lycanthropes assez braves pour combattre un dragon, » a-t-il dit en m'aidant à grimper sur son dos.

J'ai jeté un coup d'œil derrière moi, incitant Caleb à nous suivre tandis que nous filions dans la forêt.

« Que savez-vous des dragons ? » ai-je demandé tandis que nous courions.

Ma mère a secoué la tête.

– Je ne savais même pas qu'ils existaient, a-t-elle dit.

– Je n'étais pas sûr qu'ils soient réels ou non, a dit mon père, les yeux fixés droit devant.

– Caleb ? ai-je demandé en regardant vers lui.

– Je n'en avais jamais rencontré un en chair et en os, a-t-il dit d'un air sérieux. Mais j'ai entendu une chose ou deux à leur sujet. Leur cuir est pratiquement impénétrable, même à l'aide d'un sortilège de sorcière. Leurs seules parties vulnérables sont leurs narines et leurs yeux. Mais il est difficile de toucher les narines, car elles se referment durant le combat. Viser leurs yeux est pour ainsi dire la seule façon de les blesser. Pour tuer un dragon, il faut lui insérer un objet dans l'œil assez profond pour atteindre son cerveau.

Ma bouche s'est asséchée. Les yeux de Charis étaient minuscules comparés à son corps. *Comment atteindre son œil avant d'être brûlé vif par ses flammes ?*

– Alors faisons simple, a grogné mon père, et concentrons-nous sur les yeux.

Nous avons passé les cinq minutes suivantes à courir d'un bout à l'autre de l'île pour rassembler le plus de sorcières, vampires et loups-garous possible. Des visages familiers m'ont regardée d'un air semblable à celui qu'avaient affiché mes parents, comme s'ils n'en croyaient pas leurs yeux, puis ils ont semblé soulagés. Aiden en particulier a insisté pour courir vers moi et m'enlacer avant de me rendre à mon père. Après dix minutes, notre armée improvisée de vampires comptait Claudia, Yuri, Zinnia, Gavin, Eli, Matteo, Helina, Landis et

Ashley… Nous avions également une dizaine de sorcières et une flopée de loups-garous – tous sous leur forme humaine, car il faisait jour en dehors des limites de l'Ombre.

Je me suis demandé où étaient Kiev, Xavier et Vivienne – pourquoi n'étaient-ils pas dans la foule ? Je me demandais aussi où se cachait mon frère depuis tout ce temps, mais je ne voulais pas distraire mes parents. Nous devions tous nous concentrer sur la tâche à accomplir.

La majorité de nos soldats ne savaient pas encore pourquoi nous les avions rassemblés. Mes parents leur ont crié des instructions alors que nous filions entre les arbres. Nous nous sommes arrêtés une dernière fois avant le port : à l'arsenal de l'Ombre. Nous avons ramassé des armes – surtout des lances et des fusils. J'avais le front perlé de sueur. Quand tout le monde a été armé, nous nous sommes dirigés vers le port. Je me suis dit que nous avions sûrement dépassé la limite de temps.

Un rugissement assourdissant a transpercé l'air, confirmant mes doutes.

– Dépêchons-nous ! ai-je dit en secouant mon père par les épaules.

– Sofia, a-t-il dit en me reposant au sol alors que les guerriers de l'Ombre se ruaient vers le port. Reste ici avec Rose. Ne la laisse pas s'approcher de la bête.

Ma mère m'a saisie par le bras tandis que mon père a suivi les autres dans la forêt. Une lance à la main et une sorte de grappin sur l'épaule, Caleb m'a jeté un dernier regard langoureux.

– Souviens-toi de ce que je t'ai dit plus tôt, a-t-il dit doucement avant de partir à la course.

J'ai eu la gorge serrée en regardant deux des personnes les plus importantes dans ma vie disparaître dans la pénombre.

J'allais les suivre, mais ma mère m'a agrippée par la taille et m'a retenue.

– Tu as entendu ton père, a-t-elle dit sévèrement.

– Maman, ai-je dit en serrant ses épaules. C'est entièrement de ma faute si le dragon est ici et que notre peuple risque sa vie pour le tuer. J'aimerais au moins être témoin de la bataille.

Elle a essuyé mon front, puis a soupiré.

– D'accord. Nous la regarderons de loin.

Sa non-résistance m'a montré qu'elle aussi avait l'estomac noué à l'idée de ce qui allait se produire. J'ai grimpé sur son dos et elle a commencé à courir dans la forêt. Elle s'est arrêtée une fois que nous avons atteint la limite de la clairière entourant le port et nous nous sommes cachées dans les buissons. Elle a frissonné d'effroi en voyant la bête.

– Si cette créature s'approche à moins de trente mètres de nous, a-t-elle dit, on décampe d'ici.

– D'accord… Il s'appelle Charis, en passant.

Elle m'a lancé un regard déconcerté avant de reposer les yeux sur le dragon.

J'ai remarqué les ombres des guerriers alors qu'ils bougeaient dans les buissons près du port, observant Charis. Une éternité a semblé s'écouler avant que mon père ne surgisse des buissons, lance à la main, fusil dans l'autre, le reste de l'armée le suivant de près.

Le dragon a poussé un rugissement effroyable, et le chaos total s'en est suivi.

Un jet de feu a jailli de sa bouche et aurait réduit en cendres les vampires menant l'attaque si les sorcières n'avaient pas fait apparaître un mur d'eau pour l'éteindre. Le dragon continuait à cracher du feu et j'ai compris que ce serait la chose la plus utile qu'elles pourraient faire : bloquer les flammes tandis que les autres essayaient de viser l'œil de la bête.

Je voyais à peine ce qui se passait à cause de la fumée qui enveloppait maintenant le port.

– Ils doivent le tuer avant qu'il ne s'envole, ai-je dit, toussant.

Dès que j'ai prononcé ces mots, un autre rugissement a éclaté et j'ai vu à travers la fumée Charis déployer les ailes. En trois battements puissants, il s'est envolé dans le ciel.

– Donnez-moi la fille maintenant, a-t-il tonné, et j'épargnerai peut-être votre île.

Ma mère m'a agrippée tellement fort que j'ai eu mal.

Nous avons toutes les deux fixé le ciel à travers les feuilles. Je m'attendais à avoir une vision terrifiante, mais ce que j'ai vu a failli me donner une crise cardiaque. Sous le ventre du dragon se trouvait Caleb, accroché au grappin planté dans le cuir de Charis, qui était tellement épais que le dragon n'avait pas remarqué.

– Oh, mon Dieu ! s'est exclamée ma mère avant de couvrir sa bouche avec ses mains.

Horrifiée, j'ai regardé Caleb grimper sur le flanc du dragon puis, l'empoignant par les écailles, se hisser sur son dos. Ce n'est que lorsqu'il a atteint sa nuque et tenté de lui planter la lance dans l'œil que la bête l'a remarqué. J'ai crié lorsque Caleb a raté sa cible de peu. Le dragon s'est mis à ruer vivement dans le ciel, tentant de déloger le vampire de son dos.

Caleb a lâché la lance. Désormais, ses seules armes contre le monstre étaient ses griffes.

Charis a soufflé un jet de feu derrière son épaule. Si Caleb n'avait pas sauté sur sa tête à temps, il aurait été calciné. Mais Charis a secoué la tête violemment et j'ai compris que ce n'était qu'une question de secondes avant que Caleb perde prise et soit projeté au sol. Profitant de l'état de choc de ma mère, je suis sortie des buissons et j'ai beuglé au dragon :

– Hé, espèce de brute. Par ici !

Tous les yeux se sont braqués sur moi. Mon père et ma mère ont hurlé.

Oui, c'était une chose stupide et imprudente à faire – mais ils ne réalisaient pas que c'était le seul moyen de ramener Charis au sol, ce qui était nécessaire pour l'achever.

Lorsqu'il a plongé vers moi, un groupe de vampires et de loups-garous s'est précipité sur lui, armes en l'air. Toujours accroché à la tête du dragon, Caleb se rapprochait de ses yeux. Maintenant que

Charis était focalisé sur moi, il semblait avoir momentanément oublié le vampire perché sur sa tête.

Les bras de ma mère se sont refermés autour de moi, m'entraînant dans les buissons alors que mon père hurlait le nom de Caleb. Il lui a lancé un javelot, que Caleb a attrapé à la dernière seconde. Cette fois, Caleb a atteint sa cible. Quand il a planté la pointe aiguisée dans le petit œil du dragon, la bête a poussé un glapissement aigu avant de tomber sur le dos et se tordre de douleur par terre.

J'ai regardé Caleb, qui avait atterri à plusieurs mètres du dragon.

Quand l'armée s'est refermée autour du dragon pour lui porter le coup de grâce, Charis a déployé les ailes et s'est envolé. Je m'attendais à ce qu'il fonce vers moi à nouveau, mais il s'est plutôt dirigé vers la mer, chancelant.

– Non ! a crié Caleb en courant derrière lui.

Mais il était trop tard. Le dragon éclopé avait atteint la plage et voyageait rapidement vers la frontière. Nous l'avons tous fixé jusqu'à ce qu'il ne soit plus qu'une petite tache dans le ciel. On aurait dit un grand oiseau de proie volant au loin.

Maintenant que le danger était passé, ma mère m'a permis de sortir des buissons. J'ai sauté dans les bras de Caleb, enroulant les jambes autour de sa taille et le serrant de toutes mes forces.

– Tu as réussi !

Je m'attendais à ce qu'il affiche un air triomphant, mais il grimaçait.

– Non. Il s'est enfui. J'aurais dû le tuer, mais je n'ai pas enfoncé la lance assez profond.

– Je doute que Charis revienne, après cette blessure, ai-je dit.

– Peut-être pas Charis… mais s'il regagne son royaume, alors cette île vient de se faire ennemie avec une horde de visiteurs indésirables.

Chapitre 37 : Rose

Bien que les mots de Caleb m'aient inquiétée, j'étais trop épuisée pour y penser. J'étais seulement soulagée d'être de retour sur l'île avec lui et ma famille. Une foule s'est rassemblée autour de nous, mes parents à l'avant. J'ai regardé mon père droit dans les yeux lorsque Caleb m'a posée au sol.

– Je pense que mon copain a bien mérité sa place au sein de notre île, n'est-ce pas ?

J'ai ignoré la façon dont il a écarquillé les yeux en m'entendant appeler Caleb *mon copain.* J'étais trop fière de lui pour me sentir gênée. Mon père a toisé Caleb, l'air encore incertain, mais à mon grand soulagement, il a dit :

– Ce ne serait pas la première fois que j'ai tort à propos de quelqu'un. Mais je veux des explications détaillées.

J'ai serré la main de Caleb et j'allais suggérer que nous retournions chez moi pour donner à mon père les explications qu'il exigeait quand une voix nous a interrompus derrière.

– Hé ho ! On a besoin d'aide par ici !

La foule s'est séparée et tout le monde a tourné la tête pour voir qui c'était.

Debout sur la jetée se trouvait Mona, un bras autour de la taille de Kiev, avec Erik qui le soutenait de l'autre côté. Deux corps étaient couchés au sol – ceux de Corrine et Ibrahim – à côté d'Abby, qui nous appelait en nous faisant signe de la main. Nous avons tous accouru vers eux et alors que nous approchions, j'ai été troublée de voir que Kiev n'avait plus qu'un bras.

Helina est arrivée la première et s'est jetée au cou de Kiev.

– Que t'est-il arrivé ?

Il était tellement blême, on aurait dit qu'il allait s'écrouler à tout moment.

– Corrine et Ibrahim… a dit ma mère en s'accroupissant à côté de leurs corps inconscients. Comment…?

Mona a secoué la tête sombrement.

– Plus tard. Mon homme a besoin de repos.

– Votre maison a brûlé, a dit Helina, toujours aussi bouleversée par l'état de son frère. On devrait le conduire dans une des cabanes libres dans les montagnes.

Sans dire un mot de plus, Mona s'est volatilisée avec Kiev, Helina et Erik.

Ma mère a soulevé Corrine et mon père, Ibrahim, et ils se sont précipités en direction du Sanctuaire. Caleb et moi leur avons emboîté le pas, suivis d'Abby et d'une grande partie de la foule.

– Où est Patricia ? a demandé mon père à Abby alors que nous courions.

– Elle ne s'en est pas sortie, a croassé Abby.

Un silence de deuil s'est abattu sur nous – silence qui a duré jusqu'à ce que nous atteignions le temple. Mes parents ont couché Corrine et Ibrahim sur leur lit. J'ignorais toujours où Mona, Kiev et les autres étaient allés, aussi le fait d'apprendre que Patricia avait rendu l'âme me laissait doublement troublée et estomaquée.

Une poignée de mages et sorcières se sont rassemblés autour du lit pour soigner le couple. Après cinq minutes, ils se sont tournés vers nous et nous ont demandé de quitter les lieux pour les laisser travailler en paix.

J'ai passé le bras dans celui de Caleb quand nous sommes sortis de la pièce, suivant mes parents de près. Heureusement que Mona et les autres venaient d'arriver, ai-je pensé. Ils étaient visiblement passés à la moulinette. Je doute qu'ils aient aimé être accueillis à la maison par Charis.

Mes parents nous ont pris à part quand nous sommes arrivés dans la cour du temple. Les yeux bleu intense de mon père m'ont regardée, puis ont regardé Caleb.

– Rentrons, a-t-il dit doucement. J'aimerais en savoir plus sur ton copain.

Chapitre 38 : Vivienne

Je fixais les deux traits verticaux, osant à peine en croire mes yeux. Je suis sortie en courant de la salle de bain et j'ai déboulé dans la chambre voisine. Xavier était encore au lit. Adossé à la tête de lit, il lisait un livre. Il a levé les yeux vers moi.

– Peux-tu… jeter un œil à ceci ?

Il a sauté du lit et s'est approché de moi.

« Tu vois bien… deux traits, n'est-ce pas ? » ai-je balbutié, lui tendant le test de grossesse.

Un grand sourire a illuminé son visage et ses yeux ont brillé.

– Oui, bébé. Deux traits.

– Je devrais faire un autre test pour être sûre, ai-je soufflé, de peur de faire naître en moi de faux espoirs basés sur un seul test.

Il s'est agenouillé devant moi. Soulevant ma chemise de nuit, il a pressé ses lèvres contre mon ventre.

– Tu as eu des crampes ces derniers jours, a-t-il murmuré.

– Oui, mais…

– Tu as un retard de règles.

– Eh bien, ça pourrait être seulement dû…

– Au fait que tu es enceinte.

Il s'est redressé, affichant toujours un sourire immense et il m'a regardée.

J'avais encore peur d'accepter cette idée. Peur de la déception qui s'ensuivrait si les signes se révélaient trompeurs. De nous deux, Xavier était toujours le plus optimiste. Je ne pouvais pas m'attendre à ce qu'il réagisse différemment.

Il a saisi mes mains et m'a attirée sur le matelas, au-dessus de lui. Il a pris mon visage entre ses mains et a murmuré : « Dieu sait que ce n'est pas faute d'avoir essayé. » J'ai gloussé et il a haussé un sourcil. J'ai roulé sur le côté et me suis relevée sur un coude.

Il a passé ses doigts dans mes cheveux, écartant les mèches de mon visage.

– J'aurais du pain sur la planche si nous avons une fille, a-t-il murmuré.

– Pourquoi ? ai-je demandé en souriant.

Il a pris la main et l'a embrassée.

– Si elle est à moitié aussi belle que toi, j'aurais peur de la quitter des yeux une seule seconde.

J'ai rougi comme une adolescente amoureuse.

– Et si c'est un garçon ? ai-je taquiné mon mari, le regardant en plissant les yeux.

Il m'a fait un clin d'œil.

– Il détrônera Ben Novak dans le rôle du prince charmant de l'Ombre, a dit Xavier devinant mes pensées.

J'ai ri, lui donnant une petite tape sur l'épaule.

– Ne dis jamais ça devant mon frère.

Nous sommes restés silencieux, les yeux plongés dans ceux de l'autre. Malgré mes tentatives pour refroidir mes espoirs, l'enthousiasme de Xavier était contagieux et il me gagnait lentement.

« Bien sûr, ai-je dit, il y a une petite chance que nous ayons des jumeaux, comme Derek et Sofia… »

Il s'est déplacé sur le lit et, se hissant à quatre

pattes, il s'est posté au-dessus de moi. Il a plongé et m'a embrassé les lèvres.

– Encore mieux, a-t-il susurré.

Alors que je me laissais glisser dans l'étreinte de mon mari, ma tête a été projetée brutalement vers l'arrière comme si j'avais été électrocutée.

J'avais réussi à passer notre lune de miel sans la moindre vision, mais maintenant, l'une d'elles s'emparait de moi. Mon sang battait violemment dans mes oreilles tandis qu'une scène inquiétante apparaissait dans mon esprit.

Une étendue sombre, sans aucun arbre, se déployait sous mes yeux. Les pâles rayons de la lune éclairaient faiblement des champs et des champs de pierres tombales délavées et moussues. Chaque parcelle du paysage semblait recouverte de tombes.

Quand j'ai vu l'océan scintillant au loin, j'ai réalisé qu'il s'agissait d'une île.

Mais c'est seulement quand j'ai aperçu le phare familier perché au milieu des rochers que j'ai compris que c'était l'Ombre.

Jadis notre royaume.

Désormais un océan de tombes.

Quand je suis revenue à moi, Xavier me tenait par

les épaules. J'ai réussi à me redresser et à gémir faiblement :

– Je dois avertir Derek.

Chapitre 39 : Ben

La « demi-transformation » de Tobias, le patient cancéreux, semblait réussie, du moins, c'était mon impression. Ses convulsions s'étaient enfin calmées, tout comme ses vomissements. Quand j'ai ouvert la porte de sa cabine pour vérifier comment il allait, j'avais peur qu'il soit mort. Mais j'ai tâté son pouls – il était vivant, seulement inconscient.

J'ai été immédiatement frappé par la froideur de sa peau – presque aussi froide que la mienne – et j'ai remarqué qu'il tremblotait. Je l'ai enveloppé dans une couverture avant de sortir de la cabine à nouveau. J'ai rallumé le portable noir que m'avait donné Jeramiah et j'ai composé son numéro.

Il a répondu après sept sonneries.

– Joseph ?

– Il semble que j'aie réussi à transformer un homme à moitié. Je n'ai pas remarqué de crocs ni de griffes, et pourtant il est toujours en vie.

– Sa peau est fraîche ?

– Oui.

– C'est bon signe. Reste où tu es. Je serai là dans cinq minutes.

Cinq minutes ?

– Attends, comment diable sais-tu où je… ?

Jeramiah a raccroché avant que je puisse finir ma question. J'ai glissé le portable dans ma poche de chemise. *Comment pourra-t-il se rendre ici aussi vite ? Est-ce qu'il m'espionne depuis tout ce temps ?*

J'ai grimpé jusqu'à l'écoutille et je l'ai ouverte, sortant la tête et balayant la rive des yeux. Je n'ai remarqué personne. Je suis resté là pendant quelques minutes, sursautant en entendant un bruit sourd dans le sous-marin. J'ai d'abord craint que Tobias se soit réveillé et qu'il essaye de sortir de sa cabine. Mais j'ai descendu l'échelle et mes yeux se sont posés sur Jeramiah, debout dans le couloir, un bras autour d'une belle et grande fille aux cheveux noirs.

« Comment as-tu… ? »

Mon étonnement a fait ricaner Jeramiah.

– Voici Amaya, a-t-il dit en indiquant la femme. Une de nos sorcières.

Elle m'a souri, tendant une main pour que je la serre.

« Alors, où est-il ? » a demandé Jeramiah, m'observant de ses yeux bleus perçants en attachant ses cheveux en chignon.

J'ai pointé la cabine où j'avais laissé Tobias. Jeramiah a ouvert la porte et est entré. Je l'ai suivi, laissant Amaya dans le couloir.

Jeramiah a passé la main sur le bras de l'homme en l'étudiant. Puis il a serré sa mâchoire et examiné son visage. Finalement, il s'est tourné vers moi et a hoché la tête.

« On dirait que tu as réussi, a-t-il dit en soulevant Tobias dans ses bras et faisant un signe de tête à Amaya. Allons-y. »

Je n'ai pas eu le temps de demander où nous allions qu'Amaya m'a saisi le bras et celui de Tobias, et tout a disparu.

Lorsqu'un tourbillon de couleurs a assailli ma

vision, je n'ai pas pu m'empêcher de me demander si j'avais encore fait une erreur.

Qui sait, je me dirigeais peut-être dans la gueule du loup.

Tout ce que je pouvais faire était d'espérer, peu importe où m'emmenaient ces étrangers, que cet endroit me permette de me trouver… et non de me perdre davantage.

Prêts pour la suite de l'histoire de Derek, Sofia et les jumeaux ?

Une nuance de vampire 14 : L'ère de la force sera en vente dès le **9 février 2017** !
Visitez: www.forrestbooks.com/bella pour l'acheter sur Amazon.

J'ai très hâte de vous retrouver sur l'Ombre !

À bientôt…

Avec tout mon amour,

Bella x

P.S. Si vous désirez être tenus au courant de mes publications, abonnez-vous à ma liste VIP ! Allez sur le site : www.bellaforrest.de/fr, entrez votre adresse e-mail, et vous serez les premiers avertis de la sortie d'un nouveau livre.

P.P.S. N'oubliez pas de visiter ma page Facebook. J'ai très envie de vous connaître :

www.facebook.com/AShadeOfVampire

Vous pouvez aussi me suivre sur Twitter :
@ashadeofvampire

Et sur Instagram : @ashadeofvampire

8826005R00200

Printed in Germany
by Amazon Distribution
GmbH, Leipzig